MARILOU ADDISON

ÉCLIPSE

Kennes
COLLECTION K16

Kennes
éditeur de coups de cœur

Retrouvez-nous sur www.kenneseditions.com

Rejoignez-nous sur notre page Facebook : www.facebook.com/KennesEditions

Suivez-nous sur notre compte Instagram : kenneseditions

Publié avec les autorisations des Éditions Boomerang inc.,
Québec, Canada

Auteure : Marilou Addison
Illustration en couverture : Eve Patenaude
Graphisme et mise en pages : Julie Deschênes

Rue de la Blanche Borne 15
6280 Gerpinnes (Loverval) – Belgique

Dépôt légal : février 2022 – D/2022/13.105/13

ISBN : 978-2-3807-5538-1
NUART : 12-6591-8

Imprimé en Europe

Pour Eve,

qui a un talent fou…

Attention, vous trouverez dans cette histoire des scènes dures traitant d'abus sexuels, de dépression et de tentatives de suicide. Le triste quotidien d'un des personnages le plonge dans un tel désespoir qu'il pourrait le pousser à commettre l'irréparable. Dans cette fiction, ce personnage se replie sur lui-même et ne parvient pas à parler de ses problèmes auprès de sa famille, de ses amis ou même de spécialistes. Dans ce genre de situation, il est pourtant crucial de parler à quelqu'un pour pouvoir s'en sortir. C'est pourquoi nous communiquons un numéro d'urgence qui peut aider toute personne se trouvant dans une détresse telle qu'elle ne pourrait imaginer pouvoir continuer à vivre. Elle trouvera à ce numéro quelqu'un prêt à l'écouter et à l'aider. Si un proche ou vous-même êtes concernés, il ne faut pas hésiter à appeler.

- En France, appelez Suicide Écoute au 01 45 39 40 00.
- En Belgique, appelez le Centre de Prévention du Suicide au 0800 32 123.
- En Suisse, appelez La Main tendue au 143.

L'éditeur

À la fin de ce livre, tu trouveras un extrait du roman *Le garçon hot-dog et le prince charmant* de Dana Blue.

MARILOU ADDISON

ÉCLIPSE

1

Le départ

Léa s'assure d'un geste sec que la corde est bien solide. La poutre devrait arriver à soutenir son poids sans qu'elle s'écrase sur le sol et que tout soit à recommencer. L'adolescente fait ensuite plusieurs nœuds, tel qu'elle l'a appris lorsqu'elle était scoute, il n'y a pas si longtemps. Il y a seulement quelques années. Ses dix ans lui semblent tellement loin.

Ces moments heureux, ces rires enfantins, cette naïveté qu'elle avait encore... Léa essuie la larme furtive qui glisse sur sa joue. Puis, d'un geste rageur, elle tire sur la chaise placée devant son petit bureau, pour la placer sous la corde tendue.

Avant de venir s'installer pour de bon, la jeune fille vérifie que la lettre déposée sur la table est bien en évidence, que sa mère la remarquera quand elle entrera dans sa chambre.

Éclipse

Dans une heure, sa mère terminera sa journée de travail. Elle sortira en vitesse de l'hôpital, se dépêchera de rentrer en voiture, arrivera à la maison, embrassera l'homme qui est en bas, changera ses vêtements, si elle n'est pas trop fatiguée, et viendra la saluer avant d'aller se coucher.

Ce soir, quand sa mère frappera les trois petits coups sur sa porte, puis qu'elle la poussera doucement, elle verra d'abord les pieds légèrement surélevés de sa chère Léa. En levant lentement le menton, ses yeux ne comprendront pas tout de suite que sa fille vient de se suicider, qu'elle est arrivée trop tard, beaucoup trop tard pour la sauver. En retard de quelques années déjà...

Léa prend une grande inspiration. Elle ferme les yeux et le revoit, lui, entrer dans sa chambre il y a à peine vingt minutes. Les mains moites, les lèvres humides, les yeux brumeux. Il l'a serrée une fois de trop, il l'a touchée pour la dernière fois, elle se l'est juré tandis qu'il s'étendait sur elle dans son minuscule lit, et qu'elle regardait le plafond, alors qu'il farfouillait dans son cou.

Le départ

Résolue, elle grimpe sur la chaise et passe sa tête dans le nœud fatal que forme la corde épaisse. Son souffle se fait bruyant, sa respiration saccadée. Elle avale une dernière fois sa salive et compte à partir de dix à voix haute.

– Dix, neuf, huit, sept...

Sa voix se met à trembler et un sanglot la secoue tout entière, mais ce n'est pas assez pour l'empêcher d'accomplir ce qu'elle a commencé.

– ... six, cinq, quatre...

Ses oreilles bourdonnent tellement qu'elle n'entend pas la porte d'entrée qui s'ouvre au rez-de-chaussée.

– ... trois, deux...

Des murmures en bas, une voix vaguement familière, comme dans un songe.

– ... un...

Son corps retombe lourdement alors que Léa donne un coup de pied solide sur la chaise qui la supportait quelques instants avant. L'air lui manque et ses bras balaient l'espace, à la recherche d'oxygène. Dans le flou qui la submerge, l'adolescente n'entend pas l'escalier qui craque, la femme qui monte à l'étage, qui ouvre la porte de sa chambre et se met à hurler en se précipitant sur elle.

Tout se mélange dans sa tête. Le copain de sa mère qui la prend pour une femme depuis qu'elle a onze ans, sa mère qui fait semblant de ne rien voir et qui n'est jamais là, l'incompréhension des gens qu'elle connaît si elle leur en parlait, leur regard déçu, sa vie qui s'envole...

* * *

Je me nomme Amandine. Quel beau nom, hein ? Ça sonne comme une gourmandise, je trouve. Une pâtisserie que chacun aurait envie de déguster. J'adore mon nom, je dois bien l'avouer. Mon unique héritage.

Je m'appelle Amandine Rodin. Comme l'artiste. Le sculpteur. Mais oui, celui qui a fait *Le Penseur*. Vous savez, le vieil homme assis sur une pierre, le menton appuyé sur la main ? Ça vous dit quelque chose ?

J'aurai quinze ans dans quelques mois et je me prépare à aller séjourner dans une nouvelle famille. Une autre.

Le départ

Ce matin encore, j'avais une minuscule chambre qui était fermée à clef durant la nuit. Peut-être que c'était pour décourager les voleurs. Non, en fait, je pense plutôt que c'était pour m'empêcher de fuir. Traitée comme une moins que rien, avec une chambre grande comme ma main, une fenêtre décorée avec des barreaux et de vieux draps pour toute propriété.

L'éducateur est venu frapper à ma porte et m'a demandé si j'étais prête à aller aider une vieille dame. Il m'a dit que si je faisais des efforts, il y aurait une place pour moi chez cette dernière. Il avait dans le regard la certitude que je l'enverrais encore promener. Alors, pour le narguer, je lui ai fait un grand sourire avant de lui répondre que j'adorerais cela.

Il a levé les yeux au plafond, a fait un petit sourire amusé devant mes gamineries, avant de refermer lourdement ma porte. Mon réveil s'est alors mis à sonner, c'était l'heure du petit-déjeuner, mais je n'avais plus faim. J'allais être de nouveau balancée dans une famille.

Je déteste les familles. La maman, le papa, les petits enfants... Et moi, qui ne cadre jamais avec personne. Moi, la grande ado qui n'a plus de mère, qui a poussé dans les choux, qui a été amenée par la cigogne, qui vient de nulle part. Si j'ai un futur, ce ne sera pas grâce à mon passé.

Les bras mous, les jambes lourdes, je me relève. J'ai déjà enfilé les mêmes vêtements que la veille. Quand on a pour tout bagage un seul sac à dos, on ne peut pas se permettre de garder des tonnes de vêtements. Un vieux jeans, deux t-shirts délavés, une veste molletonnée et quelques sous-vêtements complètent cette magnifique garde-robe.

Je ne sais même pas si j'ai encore des élastiques. Au pire, j'en piquerai un à Sarah, ma voisine de chambre. Elle doit bien en avoir en réserve. Oh ! et puis je prendrai aussi sa brosse à cheveux. Les nœuds dans les miens commencent à me faire de plus en plus mal.

Trois coups discrets sont donnés sur ma porte. Elle s'ouvre dans un grincement et le visage de Sarah apparaît, toujours aussi rond, toujours aussi bonasse.

— Il paraît que tu vas partir, me murmure-t-elle avec une moue.

Le départ

— T'en fais pas, il ne faudra pas longtemps avant qu'ils me renvoient ici, lui dis-je, tout en lui faisant signe de venir s'asseoir.

Elle entre tranquillement, en gardant son air boudeur. Sarah, c'est une enfant des abus de toutes sortes. Elle a mené sa vie en ayant de la merde jusqu'au cou avant d'atterrir dans le même centre que moi. Elle n'en est jamais ressortie. Sarah a trop peur des autres. Elle a peur de vivre.

Moi, c'est tout l'inverse. Je n'ai été victime d'aucun abus. En fait, personne ne s'est jamais soucié de moi. Pas une main réconfortante sur l'épaule pour me féliciter lors de mon premier vol. Pas d'accolade lors de ma première maladie vénérienne (MST). Pas âme qui vive lors de ma première fugue. Jamais personne pour s'inquiéter de moi.

Mais un jour que je traînais dans la rue en pleine nuit, la police s'est aperçue de ma présence, m'a embarquée, et je me suis retrouvée ici, dans ce centre. Avec des voisins pas trop amicaux. Des éducs pas toujours conciliants et, surtout, tous ces voyages dans des familles qui n'ont rien à m'offrir, ou plutôt à qui je n'ai rien à donner.

Alors, je reviens ici. Chaque fois qu'une mère s'épuise à me faire rentrer ses règles à la noix dans la tête. Chaque fois que je me sauve des mains un peu trop baladeuses ou violentes. Chaque fois que je me cherche un toit et un repas chaud. Je retrouve la douce Sarah qui vit comme une recluse, qui va bientôt avoir dix-huit ans et qui n'en a donc plus que pour quelques mois à vivre ici.

— Amandine, tu vas me manquer… Est-ce que tu m'écriras, au moins ?

Je pouffe de rire et je m'empresse de m'expliquer, devant ses yeux peinés.

— Allez, tu sais bien que je ne sais pas écrire plus de deux phrases d'affilée.

Ce qui est totalement faux. Car s'il y a bien une chose que j'ai acquise sur les bancs des nombreuses écoles où je me suis assise, c'est le goût de la lecture et de l'écriture. Voilà la seule échappatoire qui m'a permis d'être quelqu'un d'important durant quelques heures. Grâce à mes carnets et à mon journal, que je recommence sans cesse et que je finis invariablement par jeter à la poubelle, j'ai pu passer à travers les heures sombres, les minutes de solitude interminables et l'absence de chaleur humaine.

Non, c'est plutôt que je n'éprouve pas l'envie d'écrire à qui que ce soit. Je ne veux pas faire une promesse que je ne pourrai pas tenir. Sarah, elle est bien gentille, mais je ne peux pas m'attacher à elle. Elle pourrait partir, elle aussi, et ne jamais revenir.

— T'as le temps de venir manger ? recommence-t-elle, la voix implorante.

Sarah qui a peur de son ombre, qui ressemble à une enfant, que je voudrais prendre par les épaules et secouer jusqu'à ce que ses frayeurs tombent par terre. Je me tourne pour qu'elle ne voie pas mon visage.

— Non, je dois… faire mon sac, ramasser mes affaires.

Elle pince les lèvres et se relève, les yeux rougis. Elle me fait pitié, et la pitié, c'est la pire des émotions qu'on puisse ressentir pour quelqu'un. Elle sort de ma chambre sur la pointe des pieds, sans faire de bruit, comme elle y est entrée. Je pousse un soupir de soulagement. Les adieux, ce n'est pas mon fort.

Rapidement, je fourre tout ce qui m'appartient dans un gros sac de jute. Je m'arrête un moment, j'hésite un peu, puis j'attrape un feutre noir. En m'approchant du mur jauni sur lequel est appuyé mon vieux matelas, j'y inscris le message suivant d'un trait vif :

Amandine was here. 14

Et sans un regard derrière moi, je quitte cette minuscule chambre, sans regret, en me demandant ce qui m'attend encore dehors.

2

L'arrivée

Ses yeux s'ouvrent délicatement, et la lueur faible qui pénètre par les stores à demi ouverts la blesse telle une lame de couteau. Léa s'empresse de les refermer pour ne pas voir la silhouette sombre qui dort dans le fauteuil, à sa gauche. Sa mère doit s'être rongé les sangs jusque tard dans la nuit.

Pourquoi a-t-il fallu qu'elle rentre plus tôt, ce jour-là ? Pourquoi a-t-il fallu que de tous les soirs où elle l'abandonne aux bons soins de cet homme, aujourd'hui, elle revienne à temps ?

En ouvrant de nouveau les yeux, la jeune fille jette un coup d'œil à sa mère endormie. Heureusement, elle n'aura pas besoin de discuter de tout cela maintenant. Elle se sent si lasse. Elle sent que sa vie a failli lui glisser entre les doigts, et son seul regret est d'avoir échoué.

Une infirmière au ventre rebondi la fait alors sursauter en s'écriant d'une voix chaude et forte :

– Alors la petite demoiselle daigne enfin se réveiller !

Dans un sursaut, la mère de Léa se redresse comme un piquet et se tourne vers sa fille, le regard accusateur, des cernes mauves la défigurant. Sans rien dire, elle pince les lèvres et attend que l'infirmière ait terminé sa courte visite de routine.

– Bon, bon, bon, qu'avons-nous là ? Le pouls est bon, la tension aussi. Tu es un peu pâle, mais c'est normal, tu as passé une mauvaise nuit, ma grande.

Léa se laisse manipuler sans rien dire. Ce contact physique la répugne, mais elle n'a pas assez d'énergie pour repousser l'infirmière. La jeune fille n'ose plus regarder à sa gauche, de peur d'être foudroyée par les yeux de braise de sa mère, qui se contrôle pour ne pas devenir hystérique.

Elle hoche péniblement la tête aux questions harassantes de l'infirmière, puis sent monter une irrésistible envie de vomir. De la bile emplit sa bouche déjà pâteuse et, dans un sursaut, elle se penche sur le côté du lit pour se vider les tripes.

— Ça va, pas de problème, je vais appeler quelqu'un pour nettoyer, la rassure l'infirmière. Tu vas te reposer doucement et ne pas faire de mouvement brusque, ma belle. Tout ça est normal, tu es étourdie et tu manques de sommeil.

Tandis que la grosse femme essuie sommairement le menton et la bouche de Léa, elle lance un regard compatissant à la mère de l'adolescente, dont les pieds viennent d'être aspergés par le liquide visqueux.

— Je suis désolée… Je pense que je vais essayer de dormir un peu.

— Bien. Anne, ne t'en fais pas pour tes patients, le boss t'a déjà remplacée. Il comprend. Je pense même qu'il va t'accorder quelques jours de congé. Alors, ne précipite pas trop les choses, hein ?

La mère de Léa se contente de plisser les yeux et salue sa collègue de travail, qui sort déjà de la chambre. Dans un mouvement brusque, elle se tourne vers sa fille, qui donne l'impression de somnoler.

— Si tu crois que tu vas t'en sortir aussi facilement, ma grande, tu te trompes. Toi et moi, on va avoir une bonne discussion, et pas plus tard que maintenant !

En soupirant, Léa ouvre les yeux de nouveau, déçue que son stratagème n'ait pas fonctionné. Qu'est-ce qu'elle peut bien dire que sa mère ne sache déjà ? Comment lui expliquer ce qu'elle ne veut pas voir ? Et à quoi bon, de toute manière ?

– Alors, dis-moi un peu ce qui t'a pris ! Tu veux me rendre folle, c'est ça ? Je ne travaille pas assez dur pour te faire vivre, pour te donner tout ce que tu veux ? Hein ? Tu voudrais quoi, que je sois toujours à la maison ? Que je te prépare des petits plats, que je sois la parfaite mère au foyer ? C'est loin d'être évident d'être la mère d'une adolescente comme toi ! Non, mademoiselle ! Je te donne tout ce que j'ai, je travaille jour et nuit, je... je...

Et sans crier gare, la mère de Léa se met à pleurer comme une enfant, une main sur le front et l'autre sur le genou. Elle passe les doigts dans ses cheveux et secoue la tête en signe d'incompréhension. Mais surtout, elle ne voit pas la main de Léa qui se lève et qui veut aller rejoindre la sienne. La main de la jeune fille qui est bloquée en plein vol, alors qu'un visiteur vient de pénétrer dans la petite pièce.

— Ah, Richard, te voilà enfin, reprend la mère de Léa devant son conjoint qui se tient debout, mal à l'aise. Je suis tellement contente que tu aies pu te libérer.

— Oui, je suis venu faire un petit tour durant ma pause. Bien... Bonjour, Léa, fait l'homme en se tournant vers l'adolescente couchée, qui s'est empressée de remettre sa main sous les couvertures.

— ...

— Voyons, Léa, tu pourrais saluer ton beau-père. Après tout, c'est grâce à lui que tu es encore en vie ! Heureusement que Richard était là. Si tu savais dans quel état j'étais quand je t'ai trou...

La voix de sa mère s'étrangle avant qu'elle puisse terminer sa phrase.

Léa ne répond pas à sa mère. Elle regarde plutôt au plafond, les yeux dans le vague, une douleur sourde au ventre qui lui redonne envie de vomir, même si elle sait que ce n'est que dans sa tête.

— Non, ce n'est rien, Anne. Léa doit être fatiguée. On discutera de ça quand elle sera revenue à la maison. Et puis... qu'est-ce qu'elle t'a dit ?

— Rien, elle ne veut pas me parler. Mais elle va devoir rencontrer le psy du département. Peut-être qu'elle lui en dira un peu plus.

La jeune fille ne lâche pas le plafond des yeux, mais resserre un peu plus les mâchoires à cette idée. Elle n'a aucune envie de rencontrer un psychiatre.

Alors que l'homme serre sa compagne contre lui dans un geste sécurisant, Léa se sent de plus en plus seule avec ses problèmes, avec sa vie de merde. Elle retient la larme qui menace de couler sur sa joue. Sans les regarder, elle sent l'homme embrasser sa mère, puis se pencher vers elle. Il lui caresse doucement la jambe. Sa main est chaude, et Léa avale de travers, même si elle ne laisse rien paraître.

Finalement, il se relève et fait quelques pas vers la sortie.

— Attends-moi, Richard, je te suis. Je dois aller me laver à la maison, fait sa mère en parlant à son conjoint.

Elle dépose délicatement un baiser sur sa joue, et voilà Léa de nouveau seule. La jeune fille ferme alors les yeux et pleure sans émettre le moindre son.

* * *

À travers la vitre embuée de la voiture de mon éducateur, je fais des nuages de brume sur la surface de verre. Je m'amuse ensuite à y tracer de petits dessins obscènes, ce qui a le don d'agacer souverainement le conducteur, qui soupire en me jetant un coup d'œil.

— Amandine, arrête un peu d'agir comme une gamine.

Je ne prends pas la peine de lui répondre. J'ai l'estomac dans les talons. Je n'aurais pas dû sauter le petit-déjeuner, ce matin. Qu'est-ce que je donnerais pour dévorer un hamburger, des frites... L'odeur d'un fast-food stimule justement mes narines et je m'empresse de baisser ma vitre complètement pour mieux humer ces effluves savoureux.

On vient de tourner dans une rue et, sans trop m'en apercevoir, j'observe à la dérobée ce nouveau quartier. Les arbres y sont florissants, et de beaux parterres de fleurs ornent le centre des rues. Je me surprends à demander, moi qui suis habituellement peu curieuse des lieux où je suis larguée :

– Où est-on ?

Mon éducateur a un petit sourire avant de répondre.

– C'est mon quartier d'enfance. J'ai vécu toute ma jeunesse ici. J'ai fait mon secondaire* à l'école du coin. À La Passerelle. Je viens très souvent rendre visite à ma famille, qui vit à quelques rues d'ici.

Sans plus m'intéresser aux souvenirs de mon voisin de gauche, je le laisse discourir sur son adolescence dorée. Je ne veux rien savoir de la vie des autres. Et celle de mon éduc encore moins !

– Tu es dans le quartier des Oliviers, continue-t-il sans se soucier de mes humeurs. Et tiens, qu'est-ce que tu dirais d'en profiter pour aller manger un petit quelque chose au snack juste là ? me demande-t-il en pointant l'index vers un vieux bâtiment.

Pour ne pas engager davantage la conversation, je me contente de hocher la tête en signe

* Au Québec, on fréquente l'école secondaire pendant cinq ans (de la première à la cinquième ou du secondaire un au secondaire cinq), de 12 à 17 ans.

d'acquiescement. Tandis qu'il change de voie et tourne dans le parking du snack, j'examine attentivement les quelques adolescents qui sont assis directement sur une table à l'extérieur.

Ces derniers dégustent lentement une crème glacée et, malgré moi, je me mets à les envier d'être si calmes, si détendus. Moi, on me reproche souvent de ne pas savoir me laisser aller. Je suis toujours sur le qui-vive et je ne baisse pas souvent ma garde.

La voiture s'arrête dans un crissement de pneus et, tandis que les jeunes tournent la tête dans notre direction, je voudrais fondre sur place. Il semble bien que ce ne sera pas évident d'être invisible dans ce quartier.

Mon conducteur s'extirpe lentement du véhicule. Il s'étire un bon coup, car nous roulons dans son vieil engin depuis plus d'une heure, et fait quelques pas en direction du restaurant. Je le suis de près, telle une ombre qui ne veut pas être aperçue. Il fait alors un signe de la main, pour mon plus grand malheur, aux quatre adolescents, qui le saluent à leur tour.

— Salut, Jean-Denis ! Tu viens voir ma mère ? lui lance une jeune fille, le nez couvert de taches de rousseur et les cheveux en queue de cheval.

— Non, je suis ici pour… le travail, se borne à lui répondre mon éducateur. Mais je lui rendrai sûrement une petite visite-surprise si j'ai le temps.

Tandis que les trois autres jeunes me dévisagent un peu trop, je me racle la gorge, en espérant que Jean-Denis comprenne le message.

— Qui c'est, elle ? poursuit la même adolescente, en me regardant à mon tour sans aucune gêne.

— Ah oui, eh bien, je vous présente Amandine. Elle va fréquenter La Passerelle avec vous dès septembre. Si tout va bien…

Je relève vivement le menton et plonge mes yeux dans ceux de la jeune fille, les joues en feu. Elle soutient mon regard et, après seulement quelques secondes, elle me décoche un sourire avenant qui me laisse pantoise. Non, mais qu'est-ce qui lui prend ? Pourquoi a-t-elle l'air si gentille ?

— Une Française ? intervient soudainement une autre voix légèrement moqueuse. Amandine, c'est un drôle de nom, ça !

Je tourne la tête pour voir qui s'intéresse à ma vie privée, mais je ne rencontre que le visage serein d'un garçon. Je ne comprends pas les jeunes de ce quartier. Qu'est-ce qu'ils ont à vouloir être si aimables ? Habituellement, je suis toujours reçue avec des commentaires acerbes et des ricanements de dédain. Il faut dire qu'ils ne savent pas encore d'où je viens...

— Non, c'est une Québécoise pure souche, comme vous. Bon, on doit aller manger, nous aussi. Vous ferez connaissance une autre fois. Viens, Amandine, conclut Jean-Denis en me faisant signe de le suivre.

Je tourne les talons et je sens quatre paires d'yeux vriller mon dos. Intrigués, les jeunes n'ont pas fini de bavarder à mon sujet. J'entends d'ailleurs immédiatement la petite voix fluette de l'adolescente au nez moucheté. Je serre les dents et les poings, sans un regard en arrière, avant de suivre mon éducateur.

En pénétrant dans le snack, je remarque une énorme pancarte au-dessus du comptoir : Restaurant Sur le pouce. L'endroit est accueillant et même le jeune serveur, dont le regard ne cesse de passer de moi à Jean-Denis, me fait une bonne impression.

— Bonjour, Jean-Denis, qu'est-ce que je te sers ?

En se tournant dans ma direction, l'adolescent hausse les sourcils, en manifestation amicale. Je pince les lèvres et attends que Jean-Denis commande, en me mettant à observer les lieux. Des tables rondes sont éparpillées aux quatre coins de la pièce et une jeune serveuse fait le tour avec son chiffon pour nettoyer les restes de nourriture.

Elle s'arrête un instant devant mon air insistant, puis recommence à faire le tour, en me voyant baisser les yeux. Enfin, quelqu'un qui parle mon langage. Je sais reconnaître l'hostilité quand je la croise et je sais d'ores et déjà que cette serveuse et moi, nous ne serons jamais amies.

— Alors, alors, alors... Amandine, qu'est-ce qui te ferait plaisir ?

Je hausse les épaules, l'air aussi peu intéressée que je le peux par ces frites et ces hamburgers, malgré mon estomac qui crie famine. Le regard de Jean-Denis, impuissant, croise celui du serveur, qui marmonne en prenant des notes dans son calepin :

– D'accord. Disons… la fameuse spécialité du chef pour la demoiselle ! Et pour toi ?

– La même chose, tiens, ça fait longtemps que je ne me suis pas fait plaisir ! Et peu importe les petites poignées d'amour !

Le serveur lui sourit de toutes ses dents et me lance un petit clin d'œil malicieux, avant de se tourner vers son comptoir. Jean-Denis choisit une table près d'une fenêtre et, en m'asseyant, je constate que les quatre jeunes ont pris la poudre d'escampette. Dehors, une dame ronde feuillette un roman, assise sur un banc. Un peu plus loin, un vieux monsieur promène son petit chien frisé, et un vague sourire vient dérider mon visage. J'adore les chiens. Ils sont doux et, quand on s'y prend bien, ils se laissent approcher pour se faire caresser.

Un peu plus loin, assis dans une vieille voiture rouillée, je remarque aussi un adolescent à la tignasse noire comme la suie qui porte de larges lunettes de soleil. Il est penché et semble regarder son ventre. Il se relève soudainement et je me rends compte qu'il tient un livre entre ses mains. Je me demande comment il arrive à lire avec ses verres fumés.

Avec brusquerie, je retombe sur terre, car la serveuse vient nettoyer notre table, avec un sourire mielleux pour Jean-Denis.

— Hé ! Tu es de retour pour un petit bout de temps ? le questionne-t-elle tout en nous servant à chacun un immense verre de boisson gazeuse.

— Non, je repars en fin de journée. Mais je devrais revenir le week-end prochain. On risque de me voir souvent, cet été.

— C'est super, Jean-Denis.

— Ah, j'en profite pour te présenter Amandine. Elle aussi sera en quatrième secondaire à La Passerelle en septembre. Tu es bien en secondaire quatre, hein ? dit-il en se tournant vers moi.

Embarrassée, je bafouille quelques mots, incertaine.

— Je... Oui... Faut que je vérifie avec l'école. J'ai peut-être des cours à rattraper...

— Ça va, on t'aidera à démêler tout ça dès que tu seras bien installée chez madame Crevier.

À l'évocation de ce nom, la serveuse sursaute et se met à me dévisager étrangement.

— Elle va aller vivre là-bas ?

— Oui, Adrianne a besoin d'aide et, comme elle vit seule, elle a bien assez de place pour Amandine.

— C'est juste que..., s'entête l'adolescente.

— Je ne vois pas le problème, Noémie. Adrianne Crevier est une gentille dame, malgré ce que vous pouvez tous en penser, et Amandine sera très bien reçue chez elle, ne t'en fais donc pas.

Avant qu'elle tourne les talons, le visage de la serveuse semble toujours aussi effrayé, et c'est de la pitié que je peux maintenant lire dans ses yeux, durant une fraction de seconde. Cette maudite pitié qui me donne la nausée. Mon cœur se remplit de haine et mes yeux s'embrouillent. Je jette un regard noir à cette Noémie qui ne me connaît pas, mais qui me juge déjà.

— Ça ne sert à rien d'angoisser, Amandine, Adrianne est une personne formidable. Elle vit dans le quartier depuis des années sans déranger personne. Comme elle n'a aucune famille, elle nous a fait part de son désir de s'occuper d'une adolescente et j'ai tout de suite pensé à toi.

Ne prenant pas la peine de lui répondre, je retombe dans mon mutisme habituel.

– Et puis, vous avez quelques points en commun...

Je ne vois pas ce que je pourrais avoir en commun avec une vieille folle qui vit toute seule depuis toujours et qui fait peur aux autres.

– Disons que, toutes les deux, vous n'êtes pas portées sur la conversation.

Heureusement, la voix du jeune cuisinier retentit derrière son comptoir et met fin à la discussion. En nous faisant signe que nos commandes sont prêtes, le garçon nous souhaite un bon appétit avant de s'occuper de ses prochains clients, non sans m'avoir balancé un superbe sourire. Je me sens mal, subitement. Je ne veux pas que les garçons me regardent. Je ne veux pas qu'ils me remarquent.

Une énorme assiette débordante de frites, de salade de chou et de petits oignons marinés entourant un gargantuesque hamburger est déposée devant mes yeux affamés. Le ventre vide depuis le matin, je saute sur mon repas à deux mains. Jean-Denis est plutôt étonné par mon appétit d'ogresse, mais il n'ose dire un mot, pour une fois qu'il me voit manger.

Il suit mon exemple, et c'est dans un silence bienfaisant, meublé simplement par le tintement de la clochette de l'entrée du restaurant, qui sonne dès qu'un visiteur pointe le bout du nez, que nous dégustons notre repas, la panse heureuse et le cœur un peu plus détendu.

3

La rencontre

Le plateau de nourriture traîne sur la table roulante au bout de son lit, et Léa se dit que si elle doit avaler un autre repas comme celui qu'elle vient d'ingurgiter, elle risque de vomir de nouveau. Sans goût, sans odeur et sans intérêt, son déjeuner ressemblait à un étrange ragoût de viande et de légumes. Impossible de dire ce qu'il contenait.

Le roulement des plateaux dans le couloir lui indique que le jeune homme qui lui a apporté son assiette il y a une heure est de retour pour récupérer le tout.

Intimidée par le regard curieux et insistant du jeune homme, Léa décide de fermer les yeux pour éviter d'avoir à expliquer pourquoi elle n'a pas terminé son repas.

— Hum, hum..., marmonne le jeune homme en entrant dans la chambre.

Léa tient bon et maintient une respiration régulière, en espérant qu'il comprendra le message.

— Je sais que tu ne dors pas, l'infirmière vient à peine de sortir de ta chambre...

Non, il n'est pas question qu'elle se fasse avoir par son stratagème de débutant.

— Bon, je comprends, tu ne veux pas discuter, mais... Je voulais juste que tu saches que tu as encore une tache de nourriture sur la joue, juste ici...

Tandis qu'il se penche pour essuyer délicatement le restant de sauce sur la peau de l'adolescente, celle-ci repousse brusquement la main baladeuse du jeune garçon, qui sourit déjà de toutes ses dents.

— Ha, ha ! Je savais que tu ne dormais pas ! T'en fais pas, tu n'as rien sur la joue, s'excuse-t-il maladroitement, tout en gardant ses yeux rieurs. Si tu me disais pourquoi tu n'as presque rien mangé ?

— Je n'ai pas faim, se borne à répondre Léa.

— Mais au moins, tu es encore capable de parler... Et tu as une très jolie voix, tu sais.

« Ce qu'il peut être harassant, ce garçon, avec sa manie de sourire sans arrêt ! » se plaint Léa en camouflant un début de sourire bien malgré elle. Pour l'empêcher de lire dans ses pensées, elle baisse les yeux vers ses deux mains qui tripotent les couvertures.

— Puisque tu le demandes si gentiment, je suis nouveau ici. Je viens d'être engagé comme aide-cuisinier, jacasse-t-il de plus belle en s'asseyant au pied du lit de Léa, qui lui fait de gros yeux. Bon, en fait, je dois surtout aller livrer les repas aux malades de l'étage. Mais c'est bien payé et ça me permet de parler avec un peu tout le monde. Toi, tu vas rester longtemps dans cette chambre ?

— Non... Je rentre cet après-midi, répond Léa dans un murmure sombre, à l'idée de remettre les pieds chez elle.

— Dommage... Je te trouve sympathique et très jolie, ce qui ne nuit pas du tout.

Léa lève les yeux et se met à dévisager le jeune homme qui est tranquillement assis à ses pieds. Des boucles châtain qui lui chatouillent les oreilles montrent qu'il aurait besoin d'une bonne coupe de cheveux. Ses joues et son nez sont couverts de petites taches rousses. Et ses yeux, d'un vert pâle, sont sans arrêt en mouvement lorsqu'il parle.

La jeune fille est interrompue dans son inspection par une voix désagréable qui la fait sursauter.

— Excusez-moi, jeune homme, je dois discuter avec cette demoiselle et je préférerais que vous sortiez. Vous n'avez pas d'autres plateaux à ramasser ?

Le garçon se lève précipitamment, pris en faute, et se dépêche de prendre le plateau abandonné avant de sortir en vitesse. Il lance un dernier regard interrogateur à Léa, se demandant bien pourquoi cette si jolie fille a besoin de rencontrer le psychiatre de l'hôpital. Puis, le travail passant avant sa curiosité, il continue sa route en direction de la chambre voisine.

— Bonjour, mademoiselle...

— Léa, soupire la jeune fille en voyant le docteur farfouiller dans son dossier à la recherche de son nom.

Comme c'est agréable de rencontrer un psy qui connaît aussi bien ses patients.

Le professionnel se racle la gorge et détaille l'adolescente étendue devant lui. En prenant place dans le petit fauteuil, il en profite pour sortir son calepin de notes. « Encore une adolescente déprimée qui ne voit pas de raison pour continuer à vivre », se dit l'homme, déjà certain de son diagnostic.

— Bon, alors, Léa, donc, tu peux être certaine que notre entretien restera confidentiel et que rien de ce qui sera dit ici ne sera répété. Tu peux te confier à moi sans peur. Dis-moi un peu, qu'est-ce qui s'est passé pour que tu en arrives à vouloir mourir ?

Le ton paternaliste du psychiatre est loin de mettre la jeune fille à l'aise. Peu convaincue du bien-fondé de cette rencontre, Léa se contente de répondre par quelques monosyllabes.

— Je ne sais pas.

— Hum, hum... Et l'école ?

— Ça va.

— D'accord. Tu as des amis à qui tu peux te confier ?

— Non... Je n'ai pas le droit de sortir avec les autres filles. Ma mère veut que je sois à la maison tous les soirs pour... pour faire mes devoirs, fait Léa, dont la voix trébuche un peu.

— Et avec ta mère, quelle est votre relation ?

— Ben, je ne la vois pas souvent, elle travaille ici comme infirmière, alors, on ne passe pas beaucoup de temps ensemble.

Pendant qu'il griffonne dans son cahier, Léa se demande bien ce qu'il est en train d'écrire à son sujet. Elle ne lui a rien révélé de particulier. Il va sûrement lui donner des antidépresseurs. Elle se retrouvera comme plusieurs ados de sa classe qui en consomment déjà, et bye-bye, renvoyée à la maison.

Comme pour lui donner raison, le psychiatre se relève péniblement de son fauteuil avec un papier à la main qu'il lui tend d'un geste las.

— Bon, tu diras à ta mère d'aller acheter ces comprimés. Tu prendras un cachet une fois par jour, et l'on se revoit dans un mois. Je vais demander à la réception de prendre un rendez-vous pour toi. D'ici là, repose-toi bien, prends les choses comme elles viennent et ne te surmène pas trop.

Il marche lentement vers la porte et se retourne une dernière fois.

— Ah, euh, j'aimerais aussi que tu voies le psychologue de ton école pour discuter un peu. Je vais laisser une note à ta mère à ce sujet. Hum... Tu pourras rentrer chez toi cet après-midi.

En regardant le docteur sortir, Léa se dit que c'est sûrement la dernière fois qu'elle voit cet homme, car elle risque de ne plus être de ce monde dans un mois...

* * *

La voiture de Jean-Denis se gare devant une large allée bordée de haies. Avant d'ouvrir ma portière, je remonte lentement la vitre, tout en prenant le temps de jeter un coup d'œil indiscret à mon futur « chez-moi ». L'herbe n'a pas été coupée depuis un bon bout de temps et le parterre de la propriété est couvert de mauvaises herbes. C'est à peine si l'on peut y apercevoir les vivaces qui tentent vainement de se frayer un chemin parmi toute cette végétation.

La première chose qui me vient à l'esprit, c'est que la femme qui habite ici ne doit pas être facilement abordable, à l'image de son terrain. En effet, une côte abrupte mène les visiteurs à la porte principale, d'un bleu vif, à la peinture écaillée.

En escaladant la pente, mon nez est pris d'un picotement incontrôlable et, après quelques grattements infructueux, mes yeux se mettent à couler et une suite d'éternuements me secoue.

– Je pense bien que tu as le rhume des foins, toi..., me lance Jean-Denis, avec un regard dans ma direction.

Je lui réponds :

– Ça m'étonnerait. Je n'ai jamais eu d'allergies avant.

– Peut-être bien que c'est parce que tu es une petite fille de la ville qui n'a jamais été en contact avec ces allergènes, se moque-t-il.

Sans lui répondre, je plonge dans un souvenir de mon enfance, où je me vois courir dans un champ, une petite robe à volants retombant légèrement sur mes cuisses. Mon chapeau qui s'envole à cause du vent, et un rire cristallin qui me déchire le cœur. Puis, c'est le noir, plus rien.

Je ne sais pas de quoi est faite mon enfance, mais je sais que je suis déjà allée à la campagne, peu importe ce qu'en pense mon éducateur.

Un énorme heurtoir remplace la sonnette habituelle. Jean-Denis le saisit et, dans un mouvement brusque, il le fait cogner à deux reprises sur la porte en bois massif. La maison reste silencieuse. Je commence sérieusement à m'impatienter, mais mon regard est soudain attiré par un mouvement de feuilles dans le jardin arrière.

Avant que j'arrive à identifier l'intrus, un chat corpulent fait un bond dans notre direction. Son miaulement plaintif me donne des frissons. J'ai horreur des chats. Ils sont sournois, hypocrites et manipulateurs. D'ailleurs, je viens de trouver la source de mes allergies. Je n'ai jamais été capable de tolérer ces sales bêtes sans être prise d'éternuements.

Malheur à moi, car un deuxième félin pointe le bout du nez, suivi aussitôt d'un troisième. Tous aussi empâtés, ils s'approchent dangereusement de nous et se frottent sur nos jambes. Je tente de repousser une des trois bêtes d'un coup de pied bien senti, mais, sur ces entrefaites, un tapotement sur mon épaule me fait sursauter.

En me retournant, je me retrouve nez à nez avec une femme d'une soixantaine d'années, qui me toise sans gêne. Aussi grande que moi, elle a de longs cheveux grisonnants qui lui tombent sur les fesses et, sur le bout du nez, une vieille paire de lunettes qui lui donne un petit air spirituel. Ses traits sont délicats, mais ses yeux sont d'une étrange couleur, tirant entre le gris et le bleu, tout en étant un peu flous.

— Adrianne, te voilà, la salue Jean-Denis, enfin conscient de sa présence. Je suis bien content de te revoir.

Aucun sourire n'étire ses traits lorsqu'elle se tourne vers mon éducateur. Elle hoche simplement la tête, en signe de bienvenue.

— Je suis venu accompagné, comme tu peux le voir. Je te présente Amandine, l'adolescente dont je t'avais parlé.

Elle me dévisage maintenant sans aucune retenue. Mal à l'aise, je sautille d'un pied sur l'autre, en cachant mes mains dans mes poches de jeans et en reniflant de plus belle. Si seulement elle pouvait dire quelque chose...

Ses yeux semblent vouloir exprimer des tas de choses, mais elle n'entrouvre même pas les lèvres pour me saluer.

— Je pense que toute la paperasse a déjà été remplie, alors je vais peut-être vous laisser faire plus ample connaissance... Amandine, si tu as besoin de me joindre, je te laisse ma carte. Je serai en ville pour la journée, mais je repars en fin de soirée.

J'hésite, sans trop savoir quoi lui dire :

— Jean-Denis, tu...

Je me sens comme une gamine qui ne veut pas que son père l'abandonne. Cette femme me donne la chair de poule.

— De toute façon, je reviens le week-end prochain et je passerai te rendre visite pour savoir comment évolue ton intégration et aussi pour finaliser ton inscription à l'école du quartier.

Il fait alors quelques pas en direction de sa voiture, au bas de la rue, un sourire encourageant sur son visage. Je me retiens de lui faire signe de la main, tandis que mes yeux ne peuvent se détacher de son automobile qui démarre et qui repart dans un vrombissement noir de moteur.

Je me racle la gorge, passe la langue sur mes lèvres avant de revenir vers cette femme excentrique. Elle n'a pas bougé d'un millimètre et m'observe toujours avec la même intensité. Avant de me mettre à pleurer pour de bon, je hausse les épaules et lui demande, d'une voix étrangement rauque :

— Où est-ce que je mets mes affaires ?

Adrianne tourne brusquement les talons et, sans se donner la peine de me faire signe de la suivre, elle prend la direction de son jardin arrière, en coupant à travers les herbes hautes du côté gauche de la bâtisse. Je lui emboîte le pas du mieux que je le peux, en repoussant les rosiers piquants et les fleurs grimpantes.

Nous débouchons sur une deuxième porte protégée par un léger grillage. En l'ouvrant, mon hôtesse me fait découvrir une vieille demeure sombre, encombrée par des armoires, des bibelots, des pots et une quantité astronomique de plantes et de fleurs que je ne connais pas.

Tandis que mes yeux s'habituent tranquillement à l'obscurité, je m'arrête quelques instants dans la pièce qui semble servir de cuisine. Un lavabo sur lequel s'entassent des dizaines d'assiettes et de verres sales m'indique que le ménage ne fait pas partie des priorités de la propriétaire. En avançant péniblement à travers ce bric-à-brac, je trébuche sur une pile de livres déposés à même le sol.

Adrianne, que j'ai perdue de vue depuis qu'elle a emprunté un étroit couloir, revient sur ses pas et semble me chercher du regard à travers l'obscurité de la pièce.

— Euh… Je suis désolée, je vais tout ramasser, lui dis-je en prenant soin de tout remettre en place.

Elle ne se penche même pas pour m'aider et attend patiemment que je termine. Dès que je me relève, elle repart vers le petit couloir. Tout au fond, elle ouvre une porte poussiéreuse qui cache un escalier en colimaçon. En grimpant à l'étage supérieur, je suis surprise par la grandeur de la maison. L'extérieur de la bâtisse ne laissait guère présager des lieux aussi spacieux.

La dame s'arrête net à la deuxième porte. En l'ouvrant, je me dis qu'il ne sera pas facile de sortir en douce, avec ce grincement peu subtil. Elle s'efface alors pour me laisser passer. C'est à ce moment que je me rends compte que j'étais bel et bien attendue dans ce curieux endroit. Agrémenté d'une couverture finement brodée et de quelques coussins moelleux, le lit a fière mine, disposé au centre de la pièce, tout juste sous une fenêtre à mansarde. De beaux rideaux en dentelle décorent la chambre, peinte en rose pâle. J'apprécie l'effort, mais un peu moins le résultat final, qui fait légèrement bébé.

Je me demande bien quel âge cette femme croyait que j'aurais. Je retiens une grimace en jetant un coup d'œil aux peluches qui sont disposées sur les tablettes. Un frisson traverse ma colonne au moment où je pénètre dans la vaste pièce. Cette chambre me fait un drôle d'effet.

– Merci, je vais ranger mes affaires dans ce meuble, d'accord ?

Adrianne me fait son premier sourire, une espèce de grimace avec sa lèvre supérieure, avant de tourner les talons et de redescendre au rez-de-chaussée. J'entends le frottement de ses pieds sur le sol, puis une porte qui s'ouvre et se referme. Elle doit déjà être retournée dans son jardin. Mais qu'est-ce qu'elle attend de moi ? Pourquoi cette femme m'a-t-elle fait venir ici ?

Aucune réponse ne me vient, et dans un mouvement las, je commence tranquillement à sortir les objets qui m'appartiennent et à les disperser sur le lit. Je contemple la petite commode désuète, et je décide finalement d'opter pour la garde-robe, qui semble mieux adaptée au rangement.

En ouvrant les portes, j'en oublie presque de respirer, tellement ma surprise est grande. Devant moi, je peux admirer des dizaines de robes, de t-shirts et de pantalons, tous accrochés sur des cintres. Mais elle est folle !

Cette Adrianne Crevier m'a acheté une garde-robe complète ! Je referme vivement les portes et me précipite vers la commode, pour y découvrir des tiroirs remplis de vêtements de toutes sortes. Les étiquettes sont même encore sur les vêtements neufs.

Déboussolée, je recule vers le lit et m'y assieds, en me demandant dans quelle maison de fous je viens de débarquer. Si cette femme veut faire de moi sa petite marionnette, libre à elle de croire que je vais me laisser faire, mais il est hors de question que je reste une semaine complète dans cette vieille maison. Je n'attendrai pas le retour de Jean-Denis pour agir.

D'ici un jour ou deux, j'aurai bien trouvé le moyen de foutre le camp...

* * *

Tandis qu'il effectue son dernier tour de plateaux, le jeune aide-cuisinier en profite pour frapper trois petits coups sur la porte de la chambre de l'adolescente qu'il a rencontrée ce matin. La journée s'achève et il se dit qu'une courte visite à la jeune fille pourrait la faire sourire un peu, elle qui semblait si démoralisée ce matin. Et il doit bien se l'avouer, il a très envie de savoir pourquoi elle recevait la visite du docteur Morin.

En pénétrant dans la chambre nettoyée il y a peu de temps, le jeune homme est déçu de constater qu'elle est vide. Il n'y a plus aucun occupant ici. Dommage, il n'a même pas eu le temps de lui demander son nom… Bon, peu importe, il aura manqué sa chance.

4

Le retour

En levant les yeux vers la vieille porte rouillée, Léa sent un nœud de la taille d'une pomme se glisser dans le fond de sa gorge. Elle se tourne vers le chauffeur de taxi et lui fait signe d'attendre. Quelqu'un viendra le payer dans quelques instants. Puis, elle marche lentement vers chez elle.

Sans prendre la peine de sortir sa clef, elle pousse la lourde porte et se dirige vers le petit boudoir, juste à sa droite. De hautes bibliothèques surplombent les quatre murs. Aucun bruit dans la maison. L'adolescente pousse un soupir et se dit qu'il n'y a peut-être personne, malgré la porte non verrouillée. Hésitante, elle décide finalement d'aller chercher de l'argent pour le chauffeur dans le pot à monnaie de sa mère.

Elle traverse donc la petite pièce et se rend d'un pas nerveux jusqu'à la cuisine. Après avoir glissé une chaise devant le lavabo, Léa y grimpe et se met à farfouiller dans le fond d'une armoire. Ses doigts rencontrent la tasse froide, mais une voix d'homme la fait sursauter et elle se retourne vivement, sous le choc.

— Qu'est-ce que tu fouilles, encore ?

— Euh... J'ai besoin d'argent pour payer le taxi..., répond Léa, le nœud dans sa gorge étant devenu de la taille d'un pamplemousse.

— Ah oui ? Laisse, je vais m'en occuper.

L'homme s'approche de Léa qui retient son souffle et sans même avoir besoin de s'étirer, il introduit la main dans l'armoire d'un geste sûr et en retire la tasse. Son visage est à quelques centimètres seulement de celui de l'adolescente et il lui sourit effrontément.

— Bon, combien ça coûte, ce petit trajet en limousine ?

— Vingt-cinq dollars...

Il en sort deux billets de vingt, puis un de cinq. En fourrant un des billets dans sa poche, il supporte railleusement le regard scandalisé de Léa, qui se retient de toutes ses forces pour ne pas le traiter de voleur.

— Pour l'effort, se contente-t-il de dire.

Bientôt, son sourire s'efface et il tend l'argent à la jeune fille.

— Dépêche-toi d'aller le payer, il faut qu'on parle d'une certaine lettre d'adieux, toi et moi...

Léa, qui a maintenant un melon dans la gorge, descend de sa chaise avec les jambes qui tremblent. Elle s'humecte difficilement les lèvres et sort en vitesse pour respirer un peu d'air frais.

Dieu qu'elle peut le détester. Lui et la peur qu'il fait naître en elle. Ses menaces à peine voilées, ses yeux qui la déshabillent sans même faire d'effort, ses mains qui... Stop. Elle doit respirer. Respirer encore.

En se rendant jusqu'au chauffeur de taxi qui commence à s'impatienter, elle lui tend les billets et retient péniblement les appels au secours qui lui traversent l'esprit. Personne ne peut lui venir en aide, se convainc-t-elle, en se remettant en route vers sa maison.

Au moment où elle s'apprête à franchir le seuil, le ronronnement familier d'une voiture lui fait tourner la tête. Léa parvient dès lors à respirer un peu plus librement. La boule dans sa gorge diminue. Sa mère se gare dans la large allée rehaussée de fleurs. Elle ouvre rapidement la portière et lui sourit gentiment. Sa mère aussi lui sourit.

— Je suis désolée, ma grande, de ne pas avoir pu aller te chercher à l'hôpital, j'étais coincée dans les bouchons. Mais heureusement, tu as eu mon message et tu as pris un taxi. Tu m'aides à sortir mes achats ?

Léa hoche la tête et prend quelques sacs avant de suivre sa mère à l'intérieur. En se rendant à la cuisine, elle passe tout près de son beau-père, qui a perdu son sourire arrogant et qui lui murmure à l'oreille :

— Ce n'est que partie remise...

Et voilà que la boule revient en force et menace d'exploser dans sa poitrine.

* * *

C'est une folle ! C'est tout ! Elle est complètement déséquilibrée ! Merde, merde et remerde ! C'est bien ma chance. Il faut toujours que je tombe sur des familles de dingues.

Pour commencer, il y a cette chambre totalement démodée dans laquelle je dois dormir. Mais ce n'est pas tout. Ce matin, en me levant, je me suis dit qu'après le dîner d'hier en compagnie de cette femme, j'avais tout vu. Que rien ne pouvait plus me surprendre. Il faut dire que, durant ce repas, elle n'a pas prononcé un mot. Pas un ! Elle a gardé les yeux rivés sur moi et elle s'est contentée de m'observer de son regard flou entre chaque bouchée.

Bon, au moins, elle avait cuisiné. Des pâtes, c'est plutôt simple, mais tout de même. Ça sentait un peu drôle dans cette cuisine où règne le désordre. Mais j'étais tellement figée que je n'ai pas rechigné à goûter à ce qu'il y avait dans mon assiette, malgré le peu d'appétit que j'avais. Eh bien, je m'étais trompée. Il y avait une épice spéciale dans la sauce, que je n'ai pas réussi à identifier, d'ailleurs, et qui était succulente. Bref, c'était délicieux.

Mais il n'en demeure pas moins que cette Adrianne me fout les jetons. Elle a des yeux vraiment bizarres. Je pense qu'elle ne voit pas très bien. Le centre de sa pupille est opaque. Il reflète mon visage. En tout cas, on a mangé en silence, car il était hors de question que je lui fasse la conversation. Puis, après le dîner, elle s'est relevée et elle est partie à l'extérieur.

Partie ! Elle a tout laissé sur la table, les casseroles utilisées sur le plan de travail. Sales. Bon, je ne suis pas une adepte du ménage et de la propreté. En fait, je m'en fous royalement. Mais je suis une ado, moi. Adrianne, c'est une adulte – un peu fêlée il faut croire – qui laisse tout traîner derrière elle. Elle ne prend soin de rien. Ni d'elle-même, ni de sa maison, ni même des chats, je crois. Ces chats qui me font éternuer sans arrêt. Heureusement, j'ai trouvé une vieille boîte d'antihistaminiques dans la pharmacie de la salle de bain.

Bref, la seule chose qui semble intéresser un tant soit peu Adrianne, et voilà ce qui m'effraie bigrement, c'est moi…

Elle m'observe tout le temps et elle pense que je ne m'en rends pas compte. Je l'ai même surprise à passer tranquillement dans le couloir du deuxième étage, hier soir, et à jeter un coup d'œil dans ma chambre. Je me suis dépêchée de lui claquer la porte au nez. Et pour être certaine de ne pas être dérangée durant la nuit, j'ai poussé la commode devant la porte. Elle est assez lourde, avec tous les vêtements qu'Adrianne a achetés pour moi.

Ce matin, je suis descendue sur la pointe des pieds, même si je n'étais pas trop subtile à cause de ces planchers qui craquent et de ces portes qui grincent, et je me suis rendue à la cuisine pour voir si je pouvais y grignoter un truc. J'y ai bien trouvé du pain, mais il sentait légèrement le moisi, alors j'ai regardé dans le frigo, et tout ce que j'ai pu trouver, c'est un peu de lait qui était encore bon. Je me suis donc servi des céréales à l'avoine. Nutritif, mais avec peu de couleur et peu de goût…

Maintenant que mon ventre ne se tord plus de faim, je peux réfléchir normalement. Si je me sauve tout de suite, où est-ce que je vais aller ? Je ne connais même pas ce quartier ni les environs. Il faudrait que je trouve un bus qui me mènerait au centre-ville de Montréal. Là, je m'y reconnaîtrais. Et je ferais quoi, ensuite ?

Combien de temps je vais fuir comme ça ? Et pour aller où, au bout du compte ?

Bon, qu'est-ce qui me prend ? C'est cette Adrianne qui déteint sur moi, ou quoi ? Il faut que j'arrête de me poser des questions et que j'agisse.

Première étape, foutre le camp de cette maison. Comment… ? D'abord, essayer de retrouver ce snack où j'ai mangé, hier, et demander à quelqu'un quel est le bus le plus proche pour sortir de la ville.

Jusque-là, ce n'est pas trop compliqué. Le seul hic, c'est que je n'ai pas le moindre sou pour exécuter ce merveilleux plan.

Moi, je n'ai peut-être pas d'argent, mais je ne peux pas croire qu'Adrianne n'ait pas une cachette secrète. Genre sous son matelas ou dans une vieille chaussette sale. Hé ! Hé ! Je ne sais pas pourquoi, mais cette idée me fait rigoler. Ça me rappelle les vieux qui ne veulent pas déposer leur argent à la banque et qui perdent tout quand il y a le feu chez eux.

Ouais, au fond, c'est loin d'être drôle. C'est plutôt pathétique, même. Mais je les comprends un peu, tout de même, de ne faire confiance à personne.

D'accord, alors étape numéro un, fouiller partout à la recherche d'argent. Je n'ai pas besoin de beaucoup, quelques dollars suffiront. Comme Adrianne ne semble pas être dans les parages, je décide de commencer par la cuisine. Mais c'est loin d'être évident, avec tout ce bordel. Pour la forme, j'ouvre un peu les armoires, je fouille dans le garde-manger, je regarde en haut de l'évier, puis mon regard est attiré par une vieille boîte à biscuits dont le couvercle a été enlevé.

En plein le genre d'endroit où cette folle pourrait planquer sa monnaie. Comme je suis assez grande, je m'étire à peine et l'attrape. Hourra ! Il y a bien quelques dollars abandonnés dans le fond du pot en céramique. Je m'en saisis rapidement et je mets le tout dans la poche arrière de mon jeans. Dans la boîte, il y a aussi une feuille pliée en quatre, puis repliée dans l'autre sens.

Je dois l'avouer, je suis curieuse. Ce n'est d'ailleurs pas la première fois que je fouille dans les affaires de mes familles adoptives, ce qui m'a valu de revenir au centre à plusieurs reprises. Je ne sais pas pourquoi, je n'arrive pas à me contrôler. Alors, sans hésiter, je subtilise aussi le papier. J'y jetterai un coup d'œil plus tard.

Je remets la boîte à sa place et me retourne, fière de moi, mais je surprends le regard flou de mon hôtesse qui me dévisage, alors qu'elle est plantée en plein milieu de la cuisine. Elle ne dit pas un mot, évidemment, mais je comprends très bien le message.

En pointant mon bol vide, je baragouine :

– Euh… Je m'excuse, je cherchais… du sucre, pour les céréales.

Quelle excuse ridicule !

Elle tend la main vers moi, la paume vers le ciel.

– OK… C'est vrai, j'ai un peu fouillé. Vous pouvez me renvoyer au centre, ça ne me dérange pas, de toute façon ! dis-je en crânant, le menton relevé.

Sa main se fait plus insistante, bien qu'elle n'ouvre toujours pas la bouche.

– Voilà, je n'ai pris que quelques sous… Je voulais acheter des chewing-gums au magasin. Qui est situé où, d'ailleurs ?

J'ai posé la question innocemment.

Elle regarde les quelques dollars que je viens de lui remettre et referme sa main subitement. Son regard se détend et elle me fait signe de la suivre. Ce dont je n'ai aucunement envie, bien que je me sois déjà mise en marche.

Le retour

Qu'est-ce que je fais encore ici ? J'aurais dû prendre mes jambes à mon cou hier soir. Peu importe que je n'aie pas d'argent sur moi, j'aurais pu faire du stop. Cette maison va me rendre dingue, moi aussi.

Adrianne est déjà dehors et moi, comme un petit mouton, je la suis à travers les herbes hautes, les plantes grimpantes, le gazon et le foin qui parsèment le jardin de part et d'autre. Où est-ce qu'elle m'emmène, encore ? Je m'en fous, moi, de son jardin. Elle s'arrête net, à l'autre bout du terrain, et se penche pour ramasser deux énormes paniers en osier, dont un qu'elle me met presque de force entre les mains.

Bon, on va s'amuser à cueillir quoi, au juste ? Des belles fleurs ? Des framboises sauvages ? Du maïs, tiens ? Tandis que nous continuons notre petit bonhomme de chemin, la végétation devient de plus en plus dense, et nous nous retrouvons bientôt au cœur d'une véritable forêt de mauvaises herbes. Tout comme sa maison, l'étendue de son terrain me surprend à son tour. Son domaine est gigantesque. Et aucun voisin à l'arrière.

Je comprends les jeunes du coin d'avoir peur d'Adrianne, avec ses airs étranges, son silence, sa maison isolée et son champ de... son champ de... tomates ! Oui, des tomates ! Des petites, des grosses, des avachies, des rondes, des ovales, des jaunes, des rouges, des... blanches ? Je prends un moment pour admirer les tiges bien retenues sur leurs petits poteaux de bois. Fièrement, les plants de tomates, qui sont alignés de manière symétrique, regorgent carrément de fruits de toutes sortes.

À moins que ce ne soient des légumes ? Je n'ai jamais réussi à me souvenir de cette information. Peu importe, je suis un peu impressionnée et, je dois l'admettre, je ne m'attendais pas à ce que cette femme se dévoue autant à quelque chose. Adrianne a déjà commencé à ramasser quelques tomates rouges et à les déposer dans son panier. Elle me fait signe d'aller dans la rangée derrière elle.

Les tomates que je dois ramasser, car c'est bien ce que me demande Adrianne, ont une forme plus allongée et semblent plus fermes. Puisque je suis coincée ici, autant faire ce qu'elle exige. Je me penche donc pour attraper quelques fruits dans le bas du plant et je remarque qu'une silhouette effilée circule au sol à travers toute la rangée. Sur le coup, je recule vivement et lâche mon panier. Oh non ! C'est une couleuvre !

– Calme-toi, petite, ce n'est qu'un tuyau d'arrosage.

Je me tourne aussitôt vers mon interlocutrice, qui a ouvert la bouche pour la première fois depuis que je la connais. Sa voix est rocailleuse, un peu comme une fumeuse de longue date. Et elle a un accent. D'une autre région. Je n'arrive pas à situer d'où il vient, car il est très léger.

– Ah ! euh… j'ai cru que c'était un serpent, fais-je, un peu gênée d'avoir eu peur pour si peu.

Adrianne sourit en coin avant de rouvrir la bouche. Pour la deuxième fois en seulement quelques minutes. C'est un miracle !

– Tu sais, les couleuvres qui circulent ici mangent les insectes nuisibles du jardin, ce qui est très bien…

Re-re-re-merde ! Je suis en plein milieu d'un champ non pas de tomates, mais de COULEUVRES !!! Faut vraiment que je fiche le camp ! Maintenant, là, ou en tout cas, dès que je serai sortie de ce merdier.

—Aide-moi à remplir ton panier, s'il te plaît, et je te donnerai un peu d'argent en échange.

Bon, la voilà qui parle encore. Une vraie pie, ma parole ! Mais je ne suis pas idiote, je comprends surtout que si je remplis mon panier, elle me payera, ce qui m'arrange assez bien. Avec de l'argent, je pourrai prendre le bus et sortir au plus vite de cette ville. Tout de même un peu craintive, je ramasse mon panier, en surveillant le sol, à la recherche de la moindre couleuvre prête à m'attaquer, puis je me dépêche de cueillir le plus de tomates possible.

Vite, qu'on en finisse.

Beaucoup plus expérimentée que moi, la vieille dame s'exécute rapidement. Je lui jette quelques regards à la dérobée. Ses bras s'agitent et, bien qu'elle garde un regard fixe, ses mains farfouillent dans les plants de tomates avec dextérité. Je ne sais pas si Adrianne est vraiment folle, si elle joue un jeu ou si elle a quelque chose à cacher, mais je suis intriguée, je dois bien l'avouer, par cette maison aux allures abandonnées et par cette femme qui ne parle jamais pour rien...

5

La fin de l'été

Le jeune homme sort prestement de l'hôpital et se dépêche d'enlever sa chemise bleu-pastel qui lui donne des airs malades. Dessous, il porte un vieux t-shirt blanc. « Mais c'est toujours mieux que mon habit de travail », se dit-il en fourrant la chemise dans son sac à dos.

Les journées qui raccourcissent et la fraîcheur du vent lui indiquent que l'été tire à sa fin et que le retour à l'école se fera dans quelques jours à peine. Mais cette année, il ne retourne pas à La Passerelle. Il entre au cégep*. Comme il hésite encore en ce qui concerne son avenir, il s'est inscrit en sciences sociales. Son père refuse de l'aider à payer ses cours depuis que le jeune homme a décidé qu'il ne voulait pas travailler dans le magasin de portes et fenêtres de la famille.

C'est pour cette raison qu'il s'est déniché un petit boulot d'étudiant aux cuisines à l'hôpital.

* Une fois le diplôme d'études secondaires obtenu, ceux qui désirent aller à l'université doivent poursuivre deux ans au cégep (collège d'enseignement général et professionnel) afin d'obtenir un diplôme d'études collégiales.

Heureusement qu'il a ce job, d'ailleurs, car ça va lui permettre de peut-être se trouver un appartement et enfin déménager de chez son père. L'atmosphère est des plus étouffantes et il sent que son père, avec qui il vit seul depuis que sa mère est morte et que sa sœur aînée est partie étudier aux États-Unis, lui en veut pour sa décision.

Mais il ne changera pas d'idée. Vendre des portes et des fenêtres, ce n'est pas pour lui. Il aspire à autre chose. Il ne sait pas encore à quoi, mais son destin est ailleurs, c'est certain.

En marchant d'un pas rapide pour se rendre à l'arrêt de bus le plus proche, son regard est attiré par une silhouette féminine qui est assise sous l'abribus. Ce visage, ces cheveux, ça lui rappelle... La jeune fille qu'il a croisée à l'hôpital il y a une semaine ! Joyeux, il se dépêche d'aller la rejoindre.

* * *

Léa regarde le sol. Plus précisément, elle observe ses chaussures avec beaucoup d'intérêt. La jeune fille revient de la pharmacie, et son sac est rempli de fioles de toutes sortes.

Des médicaments sans ordonnance, mais qui ont des tas d'effets secondaires, surtout lorsque consommés à outrance.

Elle soupire un bon coup, puis se dit qu'elle sera bientôt libre. Qu'elle fait le bon choix, qu'il est plus que temps qu'elle en finisse. L'adolescente a profité de l'absence de sa mère et de son beau-père, partis rendre visite à la famille de Richard, pour aller à la pharmacie et vider quasiment toutes les étagères. La caissière lui a bien jeté un drôle de regard, mais elle a balbutié que c'était pour sa mère, juste quelques réserves.

Léa tient nerveusement son sac à dos contre son ventre. Elle a hâte d'arriver chez elle.

– Hé ! Je suis content de te voir ! Tu ne m'as pas appelé ? Ça doit faire une semaine que j'attends ton coup de fil !

Elle lève les yeux et le soleil lui éclabousse le visage. Qui c'est, ce garçon qui la dévisage ? Ses yeux s'habituent à la force de la lumière et il lui semble qu'elle le reconnaît… Oui. C'est le garçon désagréable de l'hôpital qui essayait de lui faire du charme. Qu'est-ce qu'il lui veut, encore ?

— Toujours aussi bavarde, hein ? Allez, qu'est-ce que tu fais dans le coin ?

— Je... suis allée à la pharmacie.

« Autant lui dire la vérité, après tout », se dit Léa.

— Ah ! Tu me fais une place ? demande le jeune homme en se glissant à ses côtés, sans attendre la réponse.

Un peu bousculée, l'adolescente se mord les lèvres et retourne à la contemplation de ses chaussures. Elle n'a vraiment pas envie de discuter en ce moment.

— Tu vas à La Passerelle ? Il me semble qu'on s'y est déjà croisés. Ton visage m'est familier.

— Non... Enfin, oui, c'est là que je vais.

— Alors tu vas recommencer l'école bientôt. T'es en quelle année ?

Dans un soupir, Léa convient qu'elle ferait mieux de lui répondre, car il ne lâchera pas le morceau de sitôt.

— Secondaire quatre... Et toi ? demande-t-elle, plus pour la forme que par réel intérêt.

— J'entre au cégep. Sciences sociales.

Le bus arrive, coupant court à leur conversation. « Enfin, songe Léa, il va peut-être aller s'asseoir tout au fond et me laisser tranquille. »

En montant à bord, Léa prend le premier siège libre à l'avant. Le jeune homme se dépêche de prendre celui juste à côté, tout heureux de faire le trajet avec la jeune fille.

– Tu t'appelles comment ? demande-t-il à brûle-pourpoint.

– Léa, soupire-t-elle.

– Puisque tu le demandes, tu peux m'appeler Dédé, tout le monde m'appelle comme ça. C'est mon surnom, tu vois.

– Écoute, sincèrement, je ne crois pas vraiment qu'on va se reparler, et j'ai pas mal de trucs à penser, alors, si ça ne te dérange pas...

– Waouh, une phrase complète ! Tu parles beaucoup, aujourd'hui. Et dis-moi, d'où il vient, ce drôle d'accent ?

– Ma grand-mère et ma mère viennent de Russie, marmonne Léa en levant les yeux au ciel.

« J'ai parfaitement raison de le trouver agaçant », se dit l'adolescente, qui se tourne ensuite vers la fenêtre, en espérant qu'il comprendra le message.

— Tu es mignonne quand tu es vexée, tu le savais ?

Un sourire en coin vient dérider le visage sérieux de Léa, qui ne peut s'empêcher de rougir. Un point pour lui, il faut lui accorder qu'il a de la suite dans les idées.

— Voilà un vrai sourire. Tu es encore plus belle quand tu souris...

Léa se tourne maintenant vers lui et mime des yeux en colère, ce qui fait éclater de rire le jeune homme.

— Tu descends à quel arrêt, beauté ?

— Bientôt..., bredouille de nouveau Léa, qui revient à ses préoccupations. La prochaine rue, fait-elle en serrant un peu plus son sac à dos.

— Eh, on habite tout près, moi, c'est l'arrêt juste après. Sur Côte-aux-Boulets. Alors, on se croisera peut-être souvent dans le bus.

Le regard de Léa se brouille un peu et elle hésite avant de répondre.

— Peut-être..., finit-elle par lui dire, même si elle en doute fortement.

Elle se lève ensuite, son sac toujours serré contre son ventre, et le salue distraitement alors que le bus s'arrête. Tandis qu'elle se met en marche, le jeune homme la regarde remonter la côte abrupte qui mène chez elle et enregistre mentalement son adresse. « On ne sait jamais, se dit-il, je lui rendrai peut-être visite dans les prochains jours. »

* * *

Une semaine que je suis coincée ici. Entre la récolte des tomates et le peu de vie sociale qu'Adrianne cultive, c'est loin d'être la joie. Mais bon, j'ai un peu mis de côté mon plan de prendre la poudre d'escampette. D'abord, remplir des paniers de tomates pour mon hôtesse est loin d'être difficile et, surtout, ça me donne un peu d'argent de poche.

Par contre, ce n'est pas pour ces raisons que je suis encore ici, à me demander si je ne suis pas en train de devenir folle à mon tour. En fait, c'est plutôt ma maudite curiosité qui me retient de me sauver. En vidant mes poches, à la fin de ma première journée de travail, je suis tombée sur la feuille pliée en quatre que j'avais volée à Adrianne, en même temps que l'argent.

Étendue sur mon lit, après avoir pris soin de pousser encore une fois la commode contre la porte (merde qu'elle est lourde, cette armoire), j'ai déplié délicatement la feuille et je me suis dépêchée de lire la lettre.

Ma Beauté,

Je veux juste que tu saches à quel point tu es importante dans ma vie. Tu as ramené le soleil dans mon cœur. Je te cherche partout, je n'ai d'yeux que pour toi et, surtout, je pense toujours à ton petit sourire en coin, à tes yeux en amande, à toi, de la tête aux pieds.

Viens vivre avec moi. On se fera une belle vie à deux. On s'aimera comme personne avant nous. Je prendrai soin de toi et te protégerai des autres.

Reviens-moi, je t'aime

X X X X X X X X X X X X X

C'est un peu ringard, mais tout de même, c'est une sacrée lettre d'amour. Je me suis immédiatement demandé ce qu'Adrianne pouvait bien faire avec ça. J'ai du mal à croire qu'elle a déjà eu un amoureux. Mais bon, le papier est un peu jauni par le temps, et c'est bien possible qu'elle ait eu une vie amoureuse il y a longtemps, après tout. Elle est loin d'être affreuse.

D'ailleurs, peut-être qu'après une rupture difficile et douloureuse, elle a décidé de vivre en recluse et de ne plus faire confiance aux gens qui l'entourent. En tout cas, cette lettre a ranimé ma curiosité, et je me suis dit que je pouvais bien rester ici quelques jours de plus pour en savoir davantage sur cette étrange femme. De toute façon, ce n'est pas comme si quelque chose d'urgent m'attendait ailleurs.

Mon éduc doit venir me rendre visite cet après-midi pour savoir si tout va bien et pour finaliser mon inscription à ma nouvelle école. Je ne sais pas trop ce que je vais pouvoir lui dire.

Que je travaille tous les jours dans le potager d'Adrianne ? Qu'elle me paye pour y faire divers travaux ? Qu'elle vendra ensuite la récolte au marché (sans moi) et qu'elle m'a acheté une garde-robe complète ? Peut-être bien... En tout cas, la bouffe est excellente dans cette maison. Les épices qui poussent dans le jardin ont des saveurs extraordinaires. Les petits plats que prépare Adrianne sont absolument sublimes.

Rien que pour cette raison, mon ventre me dicte de rester ici encore des lustres.

Une voiture remonte lentement l'allée principale et vient se garer juste devant la porte. J'espère que Jean-Denis a un bon frein à main, car la côte est tellement abrupte que je doute que la voiture y reste bien longtemps. Par la fenêtre de ma chambre, je le vois s'extirper de son véhicule et lever les bras en l'air, pour s'étirer. La route a été longue pour lui. Son t-shirt est souillé par la sueur sous ses aisselles. Il faut dire que cette journée d'août est particulièrement chaude.

Je dévale l'escalier en colimaçon et sors par la porte arrière pour aller le rejoindre à l'avant. La porte principale, d'un bleu vibrant, ne fonctionne plus depuis des années, selon ce que j'en ai déduit. Toujours fermée. Je me demande pourquoi Adrianne ne la fait pas réparer.

— Bonjour, Amandine, me salue immédiatement Jean-Denis en m'apercevant.

— Salut...

— Tu me fais entrer ? Je dois discuter avec toi de plusieurs petites choses.

Je hoche la tête et lui fais signe d'entrer.

— Adrianne est là ?

En secouant la tête, je lui répète ce que mon hôtesse m'a brièvement expliqué ce matin, c'est-à-dire qu'elle est allée vendre ses tomates au marché. Un homme vient la chercher en camionnette tous les samedis matin et il ne vient la reconduire qu'un peu après le déjeuner.

Tout en lui parlant, je lui jette un regard de côté. C'est drôle de voir mon éduc se pencher pour éviter de se prendre dans les multiples toiles d'araignée qui ont envahi les murs de la résidence.

Habituée au désordre de la maison, je le guide du mieux que je le peux jusqu'à la cuisine et débarrasse la table des assiettes qui la jonchent. Il se racle la gorge devant la pagaille, un peu mal à l'aise.

— Adrianne ne fait pas beaucoup le ménage, hein ? Tu pourrais l'aider, tu sais, ses cataractes la rendent presque aveugle.

Je savais bien qu'elle voyait que dalle ! J'enregistre l'information, mais je n'ajoute rien. Il est tout à fait hors de question que je devienne la bonne à tout faire !

– Bon, alors, Amandine, comment ça se passe ici ? Tu n'aimes pas habiter dans cette grande demeure avec Adrianne ?

Je marmonne un petit « Ça va » entre mes dents. Jean-Denis lève les sourcils, étonné. Il s'attendait sûrement à ce que je me plaigne ou que je demande à retourner au centre.

– Tu t'es fait des amis dans le voisinage ?

– Je ne suis pas sortie beaucoup.

– Oui, je comprends. Si tu veux, je peux te présenter des jeunes du quartier. Je connais pas mal de gens par ici, tu sais.

– Non, ça va aller, je sais comment me faire des amis.

– Je disais ça comme ça…

Je me décide finalement à m'asseoir à mon tour, après avoir enlevé la pile de livres qui recouvraient ma chaise.

– J'ai déjà communiqué avec ton école, et tu commences les cours lundi prochain, reprend mon éduc. J'ai apporté les documents officiels, que tu auras seulement à présenter à la direction dès ton entrée. Et comme je sais qu'Adrianne commence à avoir de plus en plus de difficulté à sortir seule, je me suis permis d'acheter tes effets scolaires.

Il me tend alors un énorme sac à dos d'un rose douteux. Et dire que c'est lui qui voulait me donner des conseils pour me faire des amis…

— Voici ton horaire de cours, tes profs, etc. Tous les renseignements sont dans cette enveloppe. Je t'ai aussi apporté un horaire de bus, car tu devras le prendre pour te rendre à La Passerelle. Numéro 21, direction ouest. Tu as des questions ?

Je bredouille, prise de court :

— Ben non…

Il faut dire que je n'avais pas prévu que j'irais à l'école dans ce quartier. Dans ma tête, j'allais être partie bien avant le début des cours. Basta, quartier des Oliviers, et bienvenue, le centre-ville…

— Super, alors comme je suis ici pour la journée et que tu es toute seule, ça te dirait d'aller manger une crème glacée ? On pourrait aller Chez Fimo, c'est tout près de ton école, et comme il fait si chaud…

— Euh… (*Quoi ? Manger une crème glacée avec mon éduc ? Non, non, non !*)

— Ça te permettra de te familiariser avec le quartier et peut-être de rencontrer d'autres jeunes.

— (*Justement !*) Ouais, ben…

— Je n'accepte pas de refus. Allez, viens, fait-il, insistant, en se relevant.

6

Passer à l'acte

En rentrant chez lui, Dédé sent immédiatement que l'humeur n'est pas au beau fixe. Son père ne lui accorde même pas un regard tandis qu'il se prépare un steak dans une poêle. Ça sent le beurre et les frites, qui cuisent dans le four.

— Ça a l'air bon, commence le jeune homme, en regardant le dos de son père qui s'active.

— Il reste un steak dans le frigo, grince ce dernier entre ses dents.

Le fils comprend l'allusion et sait que son père n'a pas envie de cuisiner pour lui. En soupirant, il se dirige vers le réfrigérateur et cherche tant bien que mal le morceau de viande.

— Papa, il n'y a rien dans le frigo.

— Ah… Je pensais qu'il restait un steak…

— Qu'est-ce que je vais manger, alors ?

Toujours sans prendre la peine d'affronter le regard de son garçon, le père continue de lui répondre sur le même ton.

— Comme tu prends tes décisions toi-même maintenant, t'es assez grand pour décider de ça aussi...

— Papa, ça suffit. Tu sais que je ne vais pas au cégep pour aller contre ta volonté. Je ne veux juste pas finir...

— Pas finir comme ton père, hein ? dit l'homme en se tournant soudainement.

— Ce n'est pas ça. Je ne suis pas fait pour la vente, pour faire marcher un business. Tu le sais bien. C'est ta vie, pas la mienne. Je suis nul en gestion.

Le père se retourne vers son steak qui commence à sentir le brûlé. Dans un accès de rage, il s'empare de la poêle et la lance vers le lavabo, ce qui provoque un bruit de métal désagréable. Puis, il fait face une seconde fois à son fils.

— Ben, si c'est comme ça, tu t'arrangeras tout seul pour te faire à manger, mon grand ! vocifère-t-il avant de tourner les talons.

Figé, le jeune homme grimace devant le caractère de cochon de son père. « Si seulement il pouvait comprendre », se dit-il. Ah, et puis zut ! Autant aller se chercher quelque chose à manger au magasin. En revenant, il pourrait même aller rendre visite à cette fille qu'il a croisée dans le bus et qui habite à deux pâtés de maisons de chez lui.

* * *

En montant dans la voiture de Jean-Denis, je ne peux pas croire que je vais aller manger une crème glacée avec lui. De quoi je vais avoir l'air ? De la petite nouvelle qui n'a pas d'amis ? Je m'en fiche bien, moi, de ne connaître personne. Pour le peu de temps que je vais rester dans ce quartier...

Mais encore une fois, je ne sais pas trop ce qui me pousse à ne pas rechigner davantage. On dirait que quelque chose m'empêche d'agir avec toute ma tête depuis que j'habite dans cette maison.

En chemin, mon conducteur se fait un plaisir de me faire une visite guidée du quartier.

— À ta gauche, tu vas voir une petite synagogue.

Ah ouais ! Et alors ?

– Sur le coin, là, c'est le restaurant L'Arc-en-ciel, si jamais tu as une fringale. Tu es seulement à une quinzaine de minutes, alors tu pourras y aller en marchant.

Ça, c'est déjà plus intéressant.

– La pharmacie est un peu plus bas, sur cette rue.

Pas de commentaire.

– Il y a un parc de l'autre côté, à cinq minutes d'ici.

Bon, tout de même, je ne suis pas du genre à flâner dans les parcs.

– Ici, tu as le métro des Églantiers...

Voilà un truc qui m'intéresse.

– ... et l'hôpital...

Sa voix change, et je lui jette un regard en coin, mais son visage n'affiche aucune émotion. C'est vrai que c'est plutôt triste, un hôpital. Ça n'a rien de très réjouissant. Mon éducateur reste quelques minutes sans dire un mot, ce qui est plutôt inhabituel chez lui, puis il redevient plus volubile lorsque nous tournons sur le boulevard de La Passerelle. La rue de ma nouvelle école, j'imagine.

— On est bientôt arrivés au resto. En revenant, je te montrerai la librairie, qui est à l'autre bout du quartier, pas trop loin du snack où l'on a mangé la semaine dernière, et finalement, on fera un détour par le centre commercial.

La librairie. Je ne vais pas me plaindre d'aller y jeter un œil. Bien que la maison d'Adrianne regorge de livres, c'est tellement le capharnaüm chez elle que je ne saurais pas trouver quoi que ce soit de susceptible de m'intéresser.

— Est-ce qu'il y a un truc en particulier que tu voudrais voir ? J'oublie peut-être quelque chose ?

— Ben, une bibliothèque, peut-être ? C'est bien beau, une librairie, mais je ne suis pas très riche, alors je pourrais plutôt m'inscrire à la biblio du quartier.

— Mais oui, quelle bonne idée. Désolé de ne pas y avoir pensé. Ce n'est pas très loin de l'école, justement.

Sa voiture se gare lentement dans le parking d'un petit restaurant aux allures sympathiques. Comme je l'anticipais, des jeunes sont regroupés à l'extérieur et savourent des cornets. Je reconnais immédiatement les quatre jeunes que nous avions croisés au snack.

J'ai l'impression qu'eux aussi se souviennent de moi, car l'adolescente couverte de taches sur le bout de son nez lève aussitôt la main pour me souhaiter la bienvenue. À moins que ce soit plutôt à l'intention de Jean-Denis...

— Jean-Denis, tu es de retour ? Viens donc t'asseoir avec nous, cette fois.

— Ouais, on va pouvoir discuter avec ta nouvelle copine, continue son voisin de droite en me souriant de toutes ses dents.

Merde, qu'est-ce que je fais encore ici, moi ?

— Eh bien, vous connaissez déjà Amandine, n'est-ce pas ?

Puis, en se tournant vers moi.

— Tu vas prendre quoi ? Un cornet ? Je vais te le chercher. Reste ici, tu vas pouvoir te faire des amis.

Mais qu'est-ce qu'il vient de dire ? Me faire des amis ?!? La honte ! Je voudrais fondre dans le ciment. Quatre paires d'yeux me vrillent pourtant de leur regard accueillant.

— Moi, c'est Daphnée, commence la plus jeune. Je suis la nièce de Jean-Denis. Voici Xavier,

Hugo et Cassandre. T'es en quelle année à La Passerelle ?

Je murmure d'une voix cassée :

– Secondaire quatre.

– Et tu viens d'où ?

– Ben... J'étais dans un centre.

Étrangement, pas d'air scandalisé, pas de regards entendus. Non, mais, pourquoi est-ce qu'ils ne réagissent pas ? Ils ne se rendent pas compte que je ne suis pas comme eux, que je n'ai pas de parents ?

– Oui, évidemment, puisque tu es arrivée avec Jean-Denis et qu'il est assistant social, me répond Daphnée. Mais je voulais savoir de quelle ville.

– Ah ! euh... De l'est de Montréal. Enfin, je me suis beaucoup promenée et, la dernière fois, c'est là que j'étais. Mais maintenant, j'habite chez Adrianne... Adrianne Crevier, dis-je, en m'attendant à voir les jeunes réagir négativement.

Cette fois, je n'ai pas tort. À part Daphnée, qui semble plus songeuse qu'effrayée, les visages de ses amis se sont bel et bien mis à grimacer.

– Ah oui ? C'est Jean-Denis qui t'a emmenée là-bas ?

— Ben ouais, puisque c'est lui, mon éducateur, fais-je en levant les épaules. Pourquoi ça a l'air de vous étonner ?

— En fait...

Jean-Denis sort justement du restaurant avec deux énormes cornets au chocolat et plusieurs serviettes de papier.

— Je te raconterai ça une autre fois. De toute manière, on va se recroiser à l'école, hein ?

Je hoche la tête, intriguée. Qu'est-ce que Daphnée a voulu dire ? Et surtout, pourquoi est-ce qu'Adrianne intimide autant les jeunes du quartier ? De plus en plus intéressée, je me dis que je peux attendre encore un peu avant de partir d'ici, car il me reste sûrement bien des choses à découvrir.

* * *

Un grand verre d'eau traîne sur la petite table du boudoir. À côté, un flacon de pilules est à moitié vide. Léa a les yeux flous, la tête lui tourne et une envie de vomir lui triture les entrailles. Elle sent qu'elle n'en a plus pour très longtemps, que son calvaire s'achève. Sa douleur physique lui fait du bien, car elle est la preuve tangible que sa souffrance morale va enfin se terminer.

L'adolescente sait que cette fois, sa mère ne rentrera pas avant la fin de la soirée avec Richard et qu'il lui reste encore quelques heures. Elle sait aussi que lorsque sa mère va revenir, pousser la lourde porte, traverser le seuil et pénétrer dans le petit boudoir, elle va lancer un cri et les larmes vont jaillir de ses yeux. Mais Léa se dit qu'elle n'a pas le choix.

Sa mère ne veut rien entendre. Elle ne veut pas voir la vérité. Elle a fait son choix entre cet homme et sa fille. Une ado qui lui fait honte, qui la dérange, qui prend trop de place, même dans le lit de son amant.

Un grattement sur la porte. Des coups qui sont donnés encore et encore contre le chambranle. Léa n'a plus la force de se lever. Qui peut bien venir frapper, alors qu'elle devrait être seule ?

Une silhouette se dessine dans un coin de la fenêtre. Un visage familier, qu'elle a vu il y a seulement une heure ou deux, qui l'a suivie, qui ne veut pas la laisser tranquille. Et voilà, la porte qui se fait défoncer à coups d'épaule, un homme qui se précipite à ses côtés alors qu'elle se met à vomir et qu'elle s'étale de tout son long sur le sol.

* * *

Après avoir frappé quatre fois à la lourde porte en bois, l'adolescent commence à se dire que Léa n'est peut-être pas chez elle, après tout. Incapable de quitter les lieux malgré tout, il jette un coup d'œil indiscret par la fenêtre de ce qui semble être un salon. Tout est sombre à l'intérieur.

Bien malgré lui, le jeune homme est poussé par une curiosité malsaine et se colle le visage contre la vitre. Ce qu'il aperçoit le laisse sans voix. Sa nouvelle amie, étendue sur le divan, a le teint blafard, les yeux vitreux et, juste à ses côtés, une bouteille de...

Habitué de voir ce genre de flacons depuis qu'il travaille à l'hôpital, Dédé sent sa tignasse aux reflets auburn se dresser sur sa tête. Cette fille est en train de faire une... tentative de suicide !

Sans attendre, il se jette sur la porte. Elle ne s'ouvre pas. Énervé, il recule de quelques pas et s'élance une, deux, puis trois fois, avant que les serrures de la porte flanchent et lui cèdent le passage. Ne faisant ni une ni deux, il se rue vers la jeune fille qui, heureusement, s'est mise à vomir tout ce qu'elle a ingurgité.

– Ça va aller, je suis là. Je vais… je vais tout nettoyer. Tu veux que j'appelle une ambulance ?

Léa secoue la tête fortement. Il est hors de question que tout ça recommence. Sa mère qui va encore lui en vouloir, son beau-père qui va trouver un nouveau moyen pour le lui faire payer.

– Alors, tu veux que je fasse quelque chose pour toi ?

– Amène-moi dans ma chambre, s'il te plaît.

Le jeune homme la prend alors doucement dans ses bras et suit les indications qu'elle lui donne. Elle est si légère qu'il a l'impression de tenir une enfant. En la déposant sur son lit, il lui caresse délicatement les cheveux.

– Qu'est-ce que t'as voulu faire là ?

Léa détourne les yeux. Elle a si honte de le regarder.

– C'est pour ça que tu étais à l'hôpital la semaine dernière et que tu as rencontré le docteur Morin, hein ?

Des larmes coulent sur les joues de l'adolescente qui n'ose toujours pas le regarder.

– Je... Je ne sais pas trop quoi te dire. T'es belle, t'es parfaite. Pourquoi tu voudrais mourir ? lui dit-il en s'agenouillant à ses côtés.

Mais les larmes de Léa redoublent d'ardeur, et tout ce que le jeune homme peut faire pour l'instant, puisqu'elle ne veut pas se confier à lui, c'est la prendre dans ses bras pour la consoler.

Ce contact ne rebute pas la jeune fille, qui se laisse aller, pour une fois dans sa vie, à apprécier les caresses innocentes d'un autre. Tandis qu'elle se fait tendrement bercer, le jeune homme décide qu'il va s'occuper d'elle, qu'il va faire tout son possible afin qu'elle aime la vie de nouveau, qu'il va la rendre heureuse comme elle le mérite.

7

La rentrée

Ça murmure dans mon dos, j'en suis certaine. Assise dans la deuxième rangée, au seul pupitre disponible quand je suis entrée dans la classe, j'ignore souverainement les autres élèves et me concentre sur le tableau, à l'avant. Je remarque que la jeune serveuse que j'ai rencontrée à mon arrivée ici est dans le même cours de français que moi. Noémie, il me semble.

Sentant mes yeux s'attarder sur sa nuque, elle tourne la tête et me décoche un regard noir. Toujours aussi sympathique, à ce que je vois. Ensuite, elle pivote sur sa chaise et se met à bavasser avec sa voisine de droite. Les deux m'observent du coin de l'œil. Et voilà, c'est reparti ! Je vais encore être choisie comme tête de Turc et je vais devenir la risée de toute la classe.

— Hé, la rouquine, t'es nouvelle ?

Je sursaute en apercevant le garçon qui vient de s'asseoir sur mon bureau et qui s'adresse à moi.

– Hum, hum.

– Et tu t'appelles ?

– Amandine… Amandine Rodin.

Il sourit de plus belle et agrippe le bras de son copain, qui passe juste derrière lui.

– C'est une Française, la nouvelle !

– Non, non, je ne suis pas une Française.

– Ah non ? J'aurais cru, avec un nom comme le tien.

Le deuxième garçon me lance un regard profond, puis se libère de la poigne de son ami, pour aller s'asseoir tout au fond de la rangée. J'ai l'impression de l'avoir déjà vu quelque part. Sa chevelure noire me rappelle vaguement quelqu'un.

– Moi, c'est Étienne, continue l'autre. Et lui, le pas sociable, c'est Loïc. Si t'as besoin de quoi que ce soit, tu me fais signe. J'ai toujours adoré les rousses…

Je rougis comme une pivoine et, frustrée d'être trahie par mes joues en feu, je plonge le nez dans les cahiers que j'ai étalés sur mon pupitre. Non, mais, qu'est-ce qu'ils ont, les jeunes d'ici, à vouloir être aussi gentils ? Ça m'énerve beaucoup plus que s'ils se contentaient de m'ignorer ou même de rire de moi dans mon dos.

La cloche sonne, et le professeur fait son entrée dans la classe. Tous les jeunes encore debout se dépêchent de retourner à leur bureau. L'enseignant sort alors la liste des présences et commence à nommer les élèves. Comme d'habitude, je suis dans les derniers noms à être nommés.

— Rodin, Amandine ?

— Présente, m'sieur.

L'homme lève la tête et me cherche des yeux. Lorsqu'il me trouve, il me fait un sourire chaleureux.

— Une nouvelle ? Voulez-vous nous faire l'honneur de vous présenter, mademoiselle ?

Merde, je déteste ce genre de truc.

— Allez, levez-vous un peu que tout le monde vous voie.

Justement... Je me lève péniblement et déballe en vitesse :

— Ben, je m'appelle Amandine et je ne suis pas une Française.

Je croise le regard amusé d'Étienne.

— ... puis, ben, je viens de l'est de Montréal.

— Vos parents viennent d'emménager dans le coin ?

Bon, voilà la question à mille dollars.

— Je n'ai pas de parents, dis-je du tac au tac. J'habite chez...

J'hésite un peu, plus pour la forme, car je sais que je vais finir par le dire et que tous les jeunes vont avoir le même regard.

— ... Adrianne Crevier.

Même le professeur fronce les sourcils, me fait un sourire conciliant et me fait signe de me rasseoir du menton. Puis, alors que tout un chacun se lance des regards étonnés, il reprend la liste des noms des élèves de la classe.

Avant de m'exécuter, je remarque tout de même que le Loïc au regard sombre, du fond de la classe, pose ses yeux noirs sur moi et j'y lis un certain intérêt. Eh merde, encore autre chose.

* * *

Dédé attend impatiemment Léa devant le portail de l'édifice scolaire. Il a hâte de revoir l'adolescente, mais, en même temps, il se demande comment elle va réagir en l'apercevant. La dernière fois qu'ils se sont vus, elle était dans un sale état. Peut-être qu'elle a honte... Peut-être aussi qu'elle lui est reconnaissante. Comment savoir ? Elle est si peu bavarde.

Enfin, les élèves se mettent à sortir de l'école, et ça se bouscule d'un côté comme de l'autre. Peu impressionné, le jeune homme se rappelle avec une certaine nostalgie sa dernière année de secondaire. Son père ne lui en voulait pas encore pour les choix qu'il allait faire. Alors que maintenant...

Soudain, son regard est capté par la démarche lente et amorphe d'une adolescente, et Dédé reconnaît immédiatement sa jeune amie. Au pas de course, il la rejoint en quelques enjambées, en manquant de se faire renverser par la foule qui va dans l'autre sens.

– Léa !

Elle lève le regard quelques instants, un peu surprise d'être hélée, puis son visage change quand elle reconnaît le garçon. Dédé est plutôt intimidé par ce brusque changement d'humeur, mais décide de passer outre et de faire comme si de rien n'était.

– Salut, je pensais que tu m'appellerais. Je t'avais laissé mon numéro sur ta table de chevet.

– Ben... Mon beau-père n'était pas trop content de voir la porte défoncée et j'ai été punie pour la semaine. Je ne peux pas sortir ni recevoir qui que ce soit chez moi.

– Ouais... Mais je peux aller la réparer, ta porte. Je m'y connais un peu en portes et fenêtres, suggère le jeune homme, subitement heureux de ses racines.

Léa se crispe et regarde le bout de ses chaussures sans vraiment les voir.

– Non, je vais m'arranger. De toute façon, elle ferme toujours, c'est juste qu'on peut plus l'ouvrir.

– T'es sûre ?

– Hum, hum. Bon, faut que j'y aille.

Et Léa se remet en marche, sans plus se soucier du jeune homme.

– Attends, je t'accompagne.

– Ce n'est pas nécessaire.

– Peut-être, mais on prend le même bus, alors...

En soupirant, Léa poursuit son chemin, Dédé sur les talons.

— Tu sais, l'autre jour..., commence-t-il, pour amorcer la conversation.

— Je ne veux pas en parler, se braque-t-elle, sur la défensive.

Il hoche la tête. Il n'est pas vraiment surpris. Mais il a bien l'intention de parvenir à percer la carapace de la jeune fille, à force de patience. Les deux jeunes suivent la marée humaine et se rendent rapidement jusqu'à leur arrêt d'autobus.

Lorsque le lourd véhicule tourne le coin de la rue, les deux adolescents n'ont toujours pas dit un mot. Le jeune homme, un peu mal à l'aise, se contente de lancer des regards furtifs à Léa. Ses beaux cheveux d'un blond presque blanc lui tombent jusqu'au milieu du dos. De petites mèches rebelles lui caressent doucement le visage. Et ses yeux sont d'un bleu si pâle qu'ils semblent presque blancs eux aussi. Et ce regard, sombre et vide. Dédé en a des frissons.

Puis, tandis qu'un plan commence à germer dans sa tête, un léger sourire déride son visage et il se dit qu'il va bien finir par réussir à la faire sortir de sa coquille.

L'autobus s'arrête devant les jeunes, qui se mettent aussitôt à y grimper. Léa, sans un regard pour Dédé, suit la file et y monte à son tour. Elle n'a que peu conscience des autres qui l'entourent. Elle ne pense à rien, sauf à ce qui l'attend encore à la maison. Ce soir, demain, et les autres jours à venir.

* * *

La cloche annonçant la fin de la journée a sonné il y a déjà quelques minutes. Les élèves se sont rués vers la porte comme des enragés, et le silence me fait du bien. Enfin un peu de calme. J'ai déjà lu la plupart des livres qu'il faudra lire durant l'année. Ça ne m'étonne pas trop, les professeurs sont parfois tellement prévisibles.

En ramassant mes cahiers, je me mets à penser à Adrianne, qui doit m'attendre à la maison. Je jongle avec l'idée de revenir directement ou de faire un saut à la bibliothèque, qui est plus ou moins sur mon chemin.

En me dirigeant nonchalamment vers la sortie, je rentre de plein fouet dans le t-shirt noir d'un jeune qui doit me dépasser d'une bonne tête et qui m'attendait dans le couloir. Je n'avais pas remarqué qu'il était aussi grand !

— Salut… T'es pas pressée, on dirait, de retourner chez Adrianne…

Je suis un peu surprise qu'il m'adresse la parole, mais je m'empresse de relever le menton et de plonger mes yeux dans ceux de Loïc.

— Je ne suis jamais pressée d'aller nulle part.

Il me fait un petit sourire en coin, l'air de dire qu'il me comprend. Mais je me demande bien ce qu'il peut comprendre. J'ai l'impression qu'on est loin d'être sur la même longueur d'onde, lui et moi, mais que je suis la seule à l'avoir remarqué.

— Tu veux que je te dépose ?

Non, mais, pour qui il me prend, lui ? Il se cherche des amis, ou quoi ?

— Pas vraiment, non. On ne va sûrement pas dans le même coin. J'habite à l'autre bout du quartier. Mais ça, tu dois déjà le savoir…

— Justement, je te propose un p'tit tour en voiture, si tu vois ce que je veux dire.

Hein ? Il me propose quoi ? Le dernier endroit où j'ai envie de me retrouver, c'est dans sa voiture achetée au rabais, à rire comme une gamine en admiration devant son idole.

– Ça ne m'intéresse pas. Si tu vois ce que je veux dire...

– Pourtant, j'aurais cru que tu aurais aimé qu'on parle un peu d'Adrianne...

– Ben, ce n'est pas le cas. Les ragots, ce n'est pas mon fort.

Ses yeux se durcissent. Il fronce des sourcils. Qu'est-ce qu'il s'imaginait ? Que je lui tomberais dans les bras ? Sans attendre son reste, il hoche la tête et fait demi-tour pour disparaître à l'autre bout du couloir. En soupirant, je me demande bien ce qu'il me voulait. J'ai besoin de personne, j'espère qu'il l'aura compris et que j'ai été assez claire.

N'empêche, une minuscule partie de moi aimerait tout de même savoir ce qu'il avait à me raconter au sujet d'Adrianne.

8

L'inattendu

Bon, c'est décidé, je fous le camp. Non, mais c'est vrai, qu'est-ce que je fais encore ici ? Les jours passent, ensuite les semaines et, si ça continue, je vais me retrouver encore dans cette maison de dingues à Noël. Au fond, je n'en ai rien à faire qu'Adrianne me cache des trucs. La récolte des tomates est terminée depuis plusieurs jours et je me demande bien de quoi elle va vivre. Sauf que bon, ça ne me concerne plus.

Et tout ce bordel dans lequel elle vit... Ça n'a aucun sens. Il n'y a personne d'un minimum sensé qui y parviendrait. Moi, je démissionne. J'ai empaqueté le plus de vêtements que je le pouvais dans mon merveilleux sac à dos rose, cadeau de Jean-Denis, j'ai mis dans un petit sac tout l'argent que je me suis fait en aidant Adrianne et me voilà prête. Bon, je l'avoue, ça va peut-être me faire un petit quelque chose de partir. C'est un peu comme si je n'avais pas trouvé toutes les réponses.

Ma maudite curiosité ! Mais cette fois, ce n'est pas elle qui va dicter ma conduite, mais mon bon sens. Et maintenant, il me dit de déguerpir loin d'ici.

Nous sommes vendredi soir, il fait déjà noir. Septembre est terminé depuis quelques jours, et j'ai assez attendu. Je descends sur la pointe des pieds, même si je sais que le grincement des marches pourrait me trahir. De toute façon, mon hôtesse est à l'extérieur à faire je ne sais trop quoi. Peut-être qu'elle vole sur son balai, peut-être qu'elle traîne en compagnie de ses trois chats de malheur ou peut-être même qu'elle jette des mauvais sorts aux voisins. Moi, je m'en balance.

Je passe par-derrière, puisque la porte avant ne s'ouvre toujours pas, et me faufile entre les hautes herbes et les toiles d'araignée qui entourent la maison. Le vent d'octobre est un peu frisquet, mais je m'en fiche. Ma nervosité prend toute la place. Vite, je me glisse à l'avant et me dirige d'un pas saccadé vers la rue.

Maintenant que j'y suis, je me mets à courir. Je sens le vent me caresser les cheveux. Je respire de mieux en mieux. Je suis grisée par ma fuite réussie. Sans consulter le plan de la ville que je me suis procuré à la librairie, je bifurque à ma droite et remonte la rue Providence.

Ce n'est qu'au coin de la rue de l'Oasis que je constate mon erreur. Pour ne pas retourner sur mes pas, je décide de rester sur cette artère. Je tournerai sur le boulevard de La Passerelle un peu plus loin pour rejoindre le métro, c'est tout. Sûre de moi, je marche donc d'un pas rapide, éclairée seulement par les quelques lampadaires qui ornent cette rue passante.

Pour me permettre de réfléchir à mes prochaines actions, j'ignore l'arrêt d'autobus devant lequel je passe et poursuis dans la même direction. Cette marche me fera du bien. Je dois mettre mes pensées en ordre.

Des échos me proviennent alors. Je sais que le parc l'Oasis est tout près et je me dis que des adolescents doivent être en train d'y flâner. De fait, en arrivant au coin du parc, je remarque un groupe de jeunes qui se bousculent et qui crient. Je ne veux pas me mêler à leurs jeux, si c'en est. Alors, sans me retourner, je continue mon chemin, mais un cri un peu plus soutenu me fait tourner la tête une seconde fois.

Un attroupement est désormais formé autour d'un garçon qui est accroupi sur le sol. De loin, je peux voir qu'il se tient l'œil à deux mains et qu'il supplie son assaillant d'arrêter. Et je vois l'autre, celui qui se tient debout, celui qui vient de le frapper. Je reconnais les yeux perçants, je revois ce regard sombre. Loïc.

Mais qu'est-ce qu'il fait là ? Il trouve ça drôle, peut-être, de frapper quelqu'un qui est déjà par terre ? Quel imbécile ! Je ne m'étais pas trompée sur son compte, après tout.

Puis, je cesse de respirer un instant. Je vois Loïc, un rictus sur le visage, élever la jambe derrière lui, prendre son élan et...

— Noooooooooooonn !

Le cri est sorti de ma bouche sans que je puisse le retenir. Tous les yeux se sont tournés vers moi. Seule, en plein milieu de la rue, je viens de crier à ce fou d'arrêter de taper sur le jeune qui est couché par terre. Mais qu'est-ce qui m'a passé par la tête ?

Je recule de quelques pas, sur le point de me mettre à courir, mais un mouvement brusque de la foule me fait changer d'avis. Un bruit de sirène retentit au loin. Les jeunes se disséminent rapidement aux quatre coins du parc. Même celui qui était avachi sur le sol il y a seulement quelques minutes est à présent debout. Entouré par une fille et un garçon, il boite légèrement, mais se dépêche tout de même de s'enfuir.

Une voiture, puis une autre tournent au coin de la rue et freinent sec de l'autre côté du parc, sur la rue Guillaume-Tell, ce qui permet aux quelques adolescents encore sur place de filer sans demander leur reste. Un seul jeune est encore sur place. Il est allé s'adosser à un gros chêne. Il semble épuisé.

Sans réfléchir (*on dirait bien que c'est devenu une manie chez moi*), je marche vers Loïc et constate qu'il a le souffle court, comme s'il avait couru le marathon. En approchant, je distingue un peu de sang sur le côté droit de son œil. Sa bouche est un peu enflée, elle aussi, mais il me fixe toujours aussi intensément. Je sens qu'il veut me dire quelque chose, qu'il est sur le point de me parler.

Mais alors qu'il ouvre la bouche, cinq policiers se mettent à crier en arrivant sur les lieux, et dans le capharnaüm qui s'ensuit, je perds son regard. Alors que j'essaie en vain de le retrouver, je me dis qu'il me reste encore tant de choses à comprendre. Loïc a les bras ballants et se laisse manipuler tel un pantin par les policiers qui tournent autour de nous. Je sais que j'aurais déjà dû foutre le camp, mais que maintenant que je suis ici, je risque d'y demeurer encore un peu trop longtemps à mon goût.

* * *

Vendredi soir, la soirée est belle et Dédé n'a pas perdu espoir de voir sourire sa magnifique Léa. En fait, il y est presque parvenu, durant la journée, alors qu'il était occupé à repeindre la lourde porte d'entrée et que l'adolescente sirotait tranquillement un verre de thé glacé. Entre les blagues joyeuses du garçon et l'humeur maussade de Léa, il y avait par contre un fameux pas à franchir.

La veille, il était venu demander la permission de rendre ce service à la mère de sa jeune amie.

Celle-ci, curieuse de connaître ce jeune homme qui se disait l'ami de sa fille, avait accepté avec joie. Peut-être que le fait de voir des jeunes de son âge allait enfin tirer Léa de sa torpeur. Son dernier rendez-vous avec le psychiatre de l'hôpital n'avait rien donné de bien significatif.

L'adolescente semblait toujours aussi déprimée, malgré les antidépresseurs qu'elle avalait sans se plaindre depuis bientôt un mois. En collaboration avec le psychologue de l'école, le psychiatre de l'hôpital avait donc augmenté la dose. Peut-être les résultats seraient-ils concluants, lors la prochaine visite de Léa.

Pour l'instant, Dédé est assis bien sagement à table, entouré de la mère de Léa, qui le gratifie sans cesse de ses plus beaux sourires, et de son beau-père, un homme plutôt taciturne qui ne parle pas beaucoup. La jeune fille, elle, semble au comble du malaise, alors qu'elle se tortille sur sa chaise et chipote dans son assiette.

— Donc, tu es rentré au cégep en septembre, c'est ça ? demande poliment la mère de Léa.

— Moui, répond Dédé, la bouche à moitié pleine. En sciences sociales. Je sais pas trop en quoi je vais me spécialiser encore, mais je sais que c'est vraiment un programme intéressant.

La mère hoche la tête.

– Ton père, ce n'est pas le propriétaire du magasin Portes et Fenêtres Claudel ? demande abruptement Richard en s'essuyant le menton avec sa manche.

– Ouais, c'est le magasin de mon père...

– Ah... Eh bien, pourquoi tu ne vas pas étudier en gestion ? Il me semble que ça pourrait t'aider quand tu vas reprendre la compagnie de ton père, non ?

Un peu agacé par la question, le jeune homme jette un regard à Léa, qui semble s'intéresser à tout, sauf à la conversation, avant de répondre.

– Justement, je ne vais pas reprendre le magasin. Ça ne m'intéresse pas, la vente de portes et de fenêtres. Moi, j'aime le social, les gens. Aider les autres, quoi.

Sans trop comprendre la réponse du garçon, le beau-père de Léa hoche la tête un peu mécaniquement. Un rictus légèrement méprisant sur le visage, il lâche un dernier commentaire avant de retourner à son assiette.

— En tout cas, moi, je trouve que tu craches assez facilement sur ce que ton père te donne... Mais bon, ce sont tes affaires. Tu en fais ce que tu veux.

Un silence envahit la petite salle à manger, que seul le bruit de la mastication de l'homme réussit à cacher. Dédé lance des regards désespérés à son amie. Il ne souhaite qu'une chose : que ce dîner interminable prenne fin.

Finalement, l'homme se lève, sans faire attention aux autres, ne prend pas la peine de replacer sa chaise ni de retirer son couvert et, dans un petit soupir de satisfaction, il repart en direction du salon, où il va s'affaler pour regarder la télévision.

— Bon, c'était agréable de te rencontrer, mais j'ai de la vaisselle à faire, fait la mère de Léa, en se levant à son tour. Ma grande, tu ne te couches pas trop tard, hein ? termine-t-elle, comme pour faire comprendre à sa fille qu'elle veut que son invité parte bientôt.

Dédé se lève à son tour, pour saluer son hôtesse.

— Ça m'a fait plaisir de vous rencontrer.

– Moi aussi, et merci pour la porte. Maintenant, il ne restera à Richard qu'à la réparer et elle paraîtra comme neuve. Elle était tellement abîmée, je comprends qu'elle se soit cassée simplement en l'ouvrant, dit-elle, en faisant référence à la dernière visite de Dédé, qui se sent rougir.

Celui-ci en conclut que Léa n'a pas expliqué à sa mère comment la porte avait réellement été cassée. Il baisse les yeux vers sa jeune amie et saisit le message subtil.

– Bon, on va... juste aller discuter un peu dehors et Dédé va s'en aller, marmonne Léa pour sa mère, qui hoche la tête en signe d'accord. Tu viens ? demande-t-elle ensuite au jeune homme en lui prenant le bras.

Ce dernier la suit sans rechigner, heureux de ce contact physique. Un peu plus téméraire, il baisse son bras et empoigne solidement la main de l'adolescente, alors qu'ils traversent la maison pour se rendre à l'arrière du jardin. Comme brûlée par la chaleur de la paume de sa main, Léa s'empresse de retirer la sienne, au grand désarroi de Dédé.

Ils débouchent finalement dans le jardin, où l'herbe est fraîchement coupée et les plates-bandes de fleurs ont été taillées il y a peu de temps, en attente des températures hivernales. Les immenses arbres qui parsèment le jardin ont commencé à perdre leurs feuilles et de gros tas sont disposés aux quatre coins. Le terrain semble gigantesque à Dédé, qui n'en voit pas clairement la fin.

— C'est grand, chez toi.

Léa prend le temps de s'asseoir sur la petite galerie avant de lui répondre.

— Oui, ma mère a hérité de la maison à la mort de ma grand-mère.

— Ta grand-mère allemande, c'est ça ?

Pour la première fois depuis qu'il la connaît, la jeune fille lui fait un sourire franc, mais empli d'une certaine nostalgie.

— Non, russe. Nous vivions toutes les trois ensemble. *Mamouchka* a immigré ici et avec l'argent qu'elle avait économisé dans son pays, elle a acheté cette grosse maison, pour elle et ma mère.

Dédé acquiesce et l'encourage en souriant à continuer.

— Mon grand-père était déjà mort avant qu'elle vienne au Canada. Il était un chirurgien réputé. Alors, ils avaient beaucoup d'argent. Mais à sa mort, *Mamouchka* avait trop de peine et, comme elle n'avait pas d'emploi et n'était pas très proche de sa famille, elle a décidé de venir vivre ici avec sa fille, ma mère.

– Et ton père, tu ne le vois pas ?

– En fait, je l'ai jamais connu. Quand ma mère est tombée enceinte de moi, il a pris la poudre d'escampette... Alors, j'ai été élevée par ma mère et *Mamouchka*. Jusqu'à sa mort.

– Oh... Je suis désolé, commente le garçon.

– Ça va, ça fait déjà longtemps. J'avais environ huit ans. Puis, ma mère a fini par rencontrer Richard, et ils se sont mariés.

Le visage de l'adolescente se trouble, mais Dédé ne s'en rend que vaguement compte.

– Ouais, ton beau-père. Il est... Ben, ce n'est pas que je ne le trouve pas sympa, c'est juste qu'il...

– Arrête, je vois très bien ce que tu veux dire. Comme il finit toujours par perdre ses emplois, il se fait carrément entretenir par ma mère. Je le déteste.

C'est sorti tout seul. Les mots ont dévoilé malgré elle la pensée de Léa. Après cet aveu, elle se renfrogne, car elle en a trop dit.

Le jeune homme se tourne vivement vers elle, à la recherche d'une réponse à sa question, qui reste en suspens, un peu comme si lui non plus ne voulait pas vraiment entendre la vérité. Il a peur de ce qu'il pourrait découvrir. Il se contente donc de la prendre pour la seconde fois dans ses bras.

Et Léa se laisse aller elle aussi, encore une fois.

Il la berce ainsi durant quelques minutes pour finalement se rendre compte que la jeune fille grelotte. Sans hésiter, il enlève son gilet et le dépose sur les frêles épaules de son amie. Léa lève alors le visage vers lui, et c'est dans un mouvement empreint de douceur qu'il se penche vers elle et que leurs lèvres se frôlent.

Puis, la douceur fait place à autre chose. Une chaleur toute nouvelle envahit maintenant Léa. Elle prend elle-même le visage de Dédé entre ses petites mains et écrase sa bouche avec plus de force. Elle veut aller plus loin, fouiller son âme, se fondre en lui, oublier sa vie, son enfer quotidien.

Dédé est un peu surpris, mais il ne tarde pas à réagir et, sans se forcer, il entrouvre les lèvres, il lui caresse le bout de la langue, il se laisse aller à plus de passion, lui aussi.

– Je ne vous dérange pas, j'espère ? demande une voix sarcastique.

Léa, dont le cœur tourne à cent à l'heure, se relève aussitôt sur ses deux pieds et tend la veste à Dédé, qui la prend, encore un peu sous le choc.

– Je venais juste en fumer une. Mais ne vous gênez pas pour moi, ajoute sournoisement Richard en lançant un regard de feu à la jeune fille.

Celle-ci se tourne vers son ami, la voix chevrotante et le souffle court.

– Bon, ben, on se croisera dans le bus cette semaine, j'imagine, alors à plus.

Et elle décampe sans attendre vers la maison, de son petit pas sautillant. Dédé, éberlué, se tourne vers le beau-père de son amie, qui se contente de ricaner tout bas. Il le salue à peine tandis qu'il se dirige du mieux qu'il le peut vers le devant de la maison, la tête encore pleine de ce baiser inattendu.

9

Nouvelle vie

Les policiers m'ont relâchée dès que je leur ai donné ma version des événements. D'ailleurs, ils m'ont dit que j'avais été plutôt courageuse de crier comme je l'ai fait, mais qu'il aurait été plus prudent de ne pas rester sur place et d'aller alerter la police un peu plus loin.

Je pense sincèrement qu'ils n'ont rien compris du tout. Non, mais, c'est vrai, qu'est-ce que j'en ai à faire, moi, de sauver des ados qui s'amusent à se taper les uns sur les autres ? Puis, ils m'ont dit de retourner chez moi et de ne pas flâner dans les rues, tandis qu'ils emmenaient Loïc au poste pour prendre sa déposition.

Pendant que je regardais Loïc partir, son regard à des lieues de ce qui était en train de se passer, je me suis demandé ce que j'allais bien faire, finalement. Est-ce que je devais retourner chez Adrianne ? Ou continuer mon chemin et prendre le métro, comme prévu ?

Je ne sais pas pourquoi, mais toute cette histoire de bataille m'avait un peu perturbée, alors sans vraiment m'en rendre compte, j'ai rebroussé chemin et, quelques minutes plus tard, je me suis retrouvée devant la maison d'Adrianne. En regardant la côte qui menait à sa porte, j'ai hésité un peu, plus pour la forme que pour autre chose, mais le visage de mon hôtesse qui repoussait les rideaux, au premier étage, m'a convaincue de rentrer bien sagement.

Elle m'attendait, assise sur une chaise, dans la cuisine. Perdue dans ses pensées, elle ne m'avait jamais semblé aussi désemparée. Pour la première fois depuis mon arrivée, j'ai ressenti quelque chose pour elle. Sans rigoler, Adrianne m'a paru tellement vulnérable et défaite que... Oui, je dois l'avouer... J'ai eu envie de rester avec elle. De me refaire une vie tranquille. Avec cette femme étrange, qui parle peu, qui n'écoute pas beaucoup non plus, mais qui cache quelque chose en elle.

Quelque chose que je meurs d'envie de découvrir.

Elle ne m'a posé aucune question en me voyant. Elle s'est contentée de fermer les yeux. Je pense qu'elle était soulagée. Puis, elle s'est relevée et elle a disparu dans le corridor sombre.

Voilà, c'est pour cette raison que je me retrouve à quatre pattes en ce samedi matin. Il est à peine 8 heures et je pourrais au moins me payer le luxe de faire la grasse matinée, mais je préfère, ne me demandez pas pourquoi, frotter et nettoyer. Je n'ai jamais été une accro du ménage, loin de là. En fait, je crois même que c'est la première fois de ma vie que je tiens un balai et un linge entre mes mains.

J'ai décidé de tout nettoyer.

Faut que j'y voie plus clair. Que je range un peu tout ce désordre. Si je veux me comprendre, je dois me débarrasser de tout ce fatras. Alors je m'applique. Je frotte, je décrotte, je décrasse, j'époussette, j'aseptise, je purifie les lieux. Adrianne n'aura jamais vu un tel ordre dans sa maison.

Il est midi passé quand je me permets de prendre une pause. Toujours aucun signe d'Adrianne. Moi qui avais si hâte qu'elle voie le résultat, elle n'a même pas daigné venir y jeter un petit coup d'œil. J'espère au moins qu'elle va me féliciter pour tous mes efforts.

Un peu fatiguée de l'attendre, je monte à l'étage et me rends devant la porte de sa chambre. Je frappe trois petits coups. Pas de réponse. Bon, je ne vais pas en plus commencer à m'inquiéter pour elle !

Malgré ce que je me force à penser, un sentiment d'angoisse vient m'étreindre la poitrine. Et si... Et si elle avait eu un malaise dans son sommeil ? Elle n'est plus toute jeune. Elle s'est peut-être cognée contre un meuble (aveugle comme elle est), puis elle est tombée par terre. Peut-être qu'elle est juste de l'autre côté de la porte et qu'elle gît dans son sang.

Moi, je suis là, à attendre après un cadavre...

D'accord, une minute, on se calme un peu et l'on réfléchit. Après tout, si je veux en avoir le cœur net, je n'ai qu'à ouvrir la porte.

Ouvrir la porte... Ouais...

À *go*, j'y vais. Un, deux... Adrianne ne sera pas contente si j'entre...

Mais je n'ai pas le choix. Trois...

Minute. Après tout, ce n'est pas mon problème. Jean-Denis doit passer aujourd'hui, comme tous les samedis, et il saura bien quoi faire, lui...

Allez, espèce de peureuse, va donc voir toi-même ! Go !

La main tremblante, je tourne la poignée et rentre de pied ferme dans la chambre. Là aussi, c'est le désordre. Mais aucune trace d'Adrianne là non plus. Au moins, elle n'est pas agonisante dans son lit. Je fais rapidement le tour de la chambre des yeux. C'est la première fois que j'y mets le nez et ma célèbre curiosité a envie d'être rassasiée. J'ai envie de me mettre à fouiller un peu partout, à ouvrir les tiroirs, à regarder sous le lit, dans la penderie...

Mais je me contrôle.

De toutes mes forces, je reste sans bouger et je ferme les yeux. Si je veux recommencer à zéro, il faut que je cesse ces mauvaises habitudes. Mentir, me sauver, fouiller dans les trucs des autres. Je dois changer pour de bon.

Alors, je recule tranquillement et en ayant peine à croire que je suis aussi forte, je referme la porte, me retourne et m'y adosse en me demandant où mon hôtesse peut bien être.

* * *

Dédé repose le téléphone et dissimule mal sa joie. Tout va un peu trop vite, depuis quelque temps. Avec Léa, les cours au cégep qui sont passionnants, son travail à l'hôpital qui lui plaît de plus en plus et, maintenant, sa recherche d'un logement.

Il vient de parler avec le propriétaire d'un immeuble situé tout près de l'hôpital, sur la rue des Soupirs. Seule ombre au tableau, si le logement lui plaît et qu'il signe un bail, il n'aura plus besoin de prendre le bus pour aller travailler, et il ne verra plus sa nouvelle amie (amoureuse ?) en se rendant à l'hôpital.

Mais bon, chaque chose en son temps. Le jeune homme se dit qu'il trouvera bien un autre moyen pour la voir aussi souvent. Et avec un logement à lui, s'encourage le garçon, il pourra passer de bons moments seul avec Léa…

Ravi, il reprend le combiné et compose le numéro de la jeune fille. Après seulement quelques coups, une voix d'homme répond.

— Bonjour, est-ce que je pourrais parler à Léa ?

Silence au bout du fil. Le beau-père de la jeune fille est décidément de plus en plus antipathique, songe Dédé en patientant. Bientôt, des bribes d'une conversation à peine dissimulée lui parviennent à l'autre bout du fil.

— C'est encore ton petit copain. Je ne sais pas ce qu'il te veut aujourd'hui, mais il commence à être assez envahissant.

— Ce n'est pas mon petit copain. C'est juste un ami.

— Hum, ce n'est pas ce que j'ai vu hier soir. Quoiqu'avec toi...

Le bruit du téléphone qui change de main et, finalement, la voix de Léa parvient aux oreilles de Dédé, qui retient difficilement un commentaire désobligeant à l'encontre de Richard.

— Salut.

— Salut, beauté, se reprend-il aussitôt, se forçant à être joyeux. J'ai quelque chose à te proposer. T'es libre aujourd'hui ?

— Ben, je ne sais pas trop.

— Allez, dis oui, ça va te changer les idées.

— Bon... Alors qu'est-ce que tu proposes ?

– Tu te souviens que je t'avais dit que je me cherchais un logement ? Ben, je dois en visiter un après le déjeuner. J'aurais besoin d'un œil... féminin.

– C'est dans quel coin ?

– Tout près de l'hôpital. Je passe devant chez toi à 13 heures. Dis oui, dis oui, dis oui...

Dédé entend clairement le petit rire de Léa, ce qui est plutôt bon signe.

– D'accord. Je te laisse, mon beau-père attend un coup de fil. À tout à l'heure.

Dédé raccroche, aux anges. Décidément, ça va vraiment bien pour lui, en ce moment.

* * *

Toujours à l'heure, Jean-Denis se gare encore une fois dans l'entrée abrupte devant la maison d'Adrianne. C'est à croire qu'il a une horloge tatouée sur le front. Cette fois, je dois bien l'avouer, je suis plutôt contente de le voir. Comme Adrianne n'a toujours pas donné signe de vie, je vais enfin pouvoir montrer à quelqu'un tout le travail accompli durant la matinée.

Nouvelle vie

Mon éduc se faufile jusqu'à l'arrière du jardin et frappe doucement contre la porte. Je lui crie d'entrer, que je l'attends à la cuisine. En entendant son exclamation de surprise, mon sourire se fend d'une oreille à une autre.

— Waouh, mais quel changement ! C'est toi qui as fait tout ça ?

— Ouaip ! lui dis-je, enjouée. Viens t'asseoir, je t'ai même préparé du café.

— Dites donc, mais qui êtes-vous et qu'avez-vous fait d'Amandine ?

Je rigole en coin et dépose une tasse fumante devant son nez, alors qu'il prend place à la table qui brille maintenant de propreté.

— Sans blague, Amandine, je suis très fier de toi.

Bon, il en fait peut-être un peu trop. J'ai quand même juste sorti un chiffon et un balai, il ne faut pas déconner tout de même.

— Adrianne a besoin d'aide et c'est très bien que tu fasses ta part dans la maison. Elle va être très contente quand elle va revenir.

Je fronce les sourcils. Revenir ? Je pose la question à Jean-Denis.

— Revenir d'où ?

Jean-Denis tente de prendre une gorgée de son café, se brûle légèrement le bout des lèvres et redépose sa tasse, alors que je tape du pied et que je me ronge les sangs à attendre sa réponse.

— Un peu chaud, hein ? Tu disais ?

Non, mais, il le fait exprès, ou quoi ? Je répète donc :

— Revenir d'où ?

— Adrianne ne t'a rien dit ? Je pensais que tu le savais, elle devait t'en parler cette semaine. Elle est à l'hôpital.

J'avale difficilement le peu de salive qui me reste encore dans la bouche.

— Elle se faisait opérer très tôt ce matin. Elle devrait revenir cet après-midi. D'ailleurs, je pensais peut-être aller lui dire quelques mots, tu pourras m'accompagner tout à l'heure et l'aider à rentrer à la maison.

Elle est à l'hôpital. Adrianne s'est fait opérer pour je ne sais pas trop quoi et elle s'est rendue toute seule à l'hôpital, sans rien me dire, comme si je n'existais pas. Je sens la colère et l'inquiétude bouillonner en moi. Pourquoi elle a fait ça, pour me punir d'avoir essayé de me sauver hier soir ? Pour me faire comprendre comment on se sent quand on s'inquiète pour quelqu'un ?

Eh bien, elle va m'entendre. Si ça la fait rire de m'ignorer, de faire comme si je n'étais pas là, comme si je me foutais d'elle...

— Je pense qu'elle ne voulait peut-être pas t'inquiéter pour rien.

— Pour rien ? fais-je, abasourdie. Mais elle s'est fait opérer ! Ce n'est pas rien !

Jean-Denis m'examine et se rend compte que je suis de plus en plus bouleversée.

— Bon, calme-toi un peu. C'est une intervention bénigne, et il n'y a rien à craindre. On ne meurt pas d'une opération pour enlever des cataractes, tout de même. Au contraire, elle va voir beaucoup mieux et elle pourra enfin être un peu plus autonome.

Tout le stress qui m'avait envahie disparaît d'un seul coup. Une simple opération aux yeux. Et moi qui ai eu si peur. Je ne veux pas encore me l'avouer, mais Adrianne commence à compter beaucoup pour moi. Comme s'il lisait en moi, mon éduc se permet un dernier petit commentaire.

— Je suis content de voir que tu tiens autant à Adrianne. C'est une bonne personne qui a... enduré bien des choses. Elle mérite d'être enfin heureuse.

Après cette phrase qui vient piquer ma curiosité, Jean-Denis se met à me poser diverses questions sur la façon dont se passe mon séjour ici, si j'ai envie de rester encore longtemps et comment vont mes cours à l'école. Je réponds un peu en pilote automatique, perdue dans mes pensées.

La seule chose qui me vient à l'esprit, c'est que si Adrianne n'a plus besoin d'aide, elle n'aura plus besoin de moi bien longtemps. Je n'arrive pas à décider si la perspective de la quitter me plaît ou non. Moi qui étais pleine de bonnes intentions, ce matin même...

* * *

En entrant dans la petite pièce qui fait office de salon, Dédé se tortille le nez, dérangé par la forte odeur d'humidité qui envahit les lieux. Ce sous-sol a beau être bien éclairé, il n'en est pas moins un peu trop humide à son goût. Pas besoin de jeter un coup d'œil à sa copine pour savoir qu'elle est du même avis que lui.

Retournant sur ses pas, la main de Léa toujours dans la sienne, le jeune homme grimace un sourire au propriétaire qui semble fier de son logement à louer, prétextant que des rénovations viennent à peine d'être faites. Dédé, lui, n'est pas impressionné.

Les deux jeunes sortent rapidement de l'appartement.

— Bon, ben, je vais y penser, puis je vous fais signe.

— Tu verras, mon gars. Y a pas beaucoup de logements beaux comme le mien, j'te l'garantis. J'attends ton coup de fil. Mais si tu t'dépêches pas, j't'avertis que je vais le louer vite.

— Pas de problème, monsieur.

En se gardant bien de faire le moindre commentaire, Léa et Dédé se dépêchent de quitter l'immeuble, de peur d'éclater de rire devant l'accent impossible du propriétaire et son appartement minable. Arrivé dans la rue, Dédé se tourne vers la jeune fille.

– En tout cas, les poules auront des dents avant que je loue un trou comme celui-là ! Franchement, 750 $ pour un minuscule appartement pas chauffé et qui pue l'humidité…

– Oui, tu peux sûrement trouver mieux. Mais tu vas peut-être devoir t'éloigner un peu vers le sud-ouest de la ville. Les appartements sont moins chers là-bas.

En recommençant à marcher, Dédé marmonne entre ses dents :

– Ouais, mais ce serait loin de l'hôpital… Et de toi…

Léa rougit devant le commentaire du garçon, mais évite de dire quoi que ce soit. Elle ne sait plus où elle en est. Elle ignore toujours où elle sera demain, alors autant ne pas se prononcer sur un événement qui aura lieu dans quelques semaines.

– Hé… Ça te dirait de venir manger un petit quelque chose ?

– Ben, je n'ai pas d'argent sur moi…

– Oublie ça, je t'invite ! Allez, ne me dis pas que t'as envie de rentrer chez toi tout de suite ?

À cette pensée, Léa se rembrunit et, bien qu'elle n'ait pas très faim, elle acquiesce à la demande de Dédé, qui insiste tellement. Après tout, pourquoi rentrer chez elle, quand elle sait ce qui l'attend ? Sa mère doit travailler encore ce soir et Richard risque de lui faire payer cher sa petite sortie avec son nouvel ami. « Autant en profiter pour de vrai », se dit-elle en souriant du mieux qu'elle le peut à Dédé, qui est loin de se douter de tout ce qui se cache derrière ce sourire.

10

Le silence

Le bruit des plateaux qui cognent sur les tables, les jeunes qui parlent fort, certains qui crient et qui rigolent. J'ai la tête qui menace d'exploser. J'ai dormi à peine quelques heures hier soir et, ce matin, je suis dans un état lamentable. Je ne sais pas si c'est le fait de savoir qu'Adrianne n'aura bientôt plus besoin de moi, ou plutôt mon inquiétude quand je l'ai aperçue sur son petit lit d'hôpital, les yeux bandés, l'air tellement fragile…

Quand nous sommes arrivés devant sa chambre, Jean-Denis et moi, elle dormait et nous n'avons pas pu lui parler. Mon éduc ne s'est pas attardé bien longtemps. Il a franchement l'air de détester aller dans les hôpitaux. Moi, je me suis assise dans le fauteuil inconfortable juste à côté d'elle, à attendre qu'elle se réveille.

Je crois qu'Adrianne ne s'attendait pas à me retrouver là. Nous avons parlé un peu (ce qui est *déjà un événement en soi)*. Elle m'a demandé si j'aimais habiter chez elle. Et moi, belle idiote, je lui ai dit que je souhaiterais rester encore longtemps. Elle n'a pas répondu. Peut-être qu'elle ne sait pas comment me dire de partir.

Quand le médecin lui a signé son congé, je suis allée appeler un taxi et je l'ai aidée à y monter, puis à s'installer dans sa chambre, arrivée à la maison. Elle doit se reposer beaucoup et elle a encore le regard flou, alors elle ne s'est pas rendu compte du ménage que j'avais fait. Ça m'a un peu déçue, mais bon, j'avais fait tout ça surtout pour clarifier un peu mes idées, pas pour recevoir des remerciements. Quoique…

Mais tandis que je suis assise, seule, au beau milieu de la cafétéria, je me rends compte qu'il y a bien des choses que j'aurais aimé dire à Adrianne, plutôt que de rester emmurée dans mon silence. Du coin de l'œil, j'aperçois le veston noir et la chevelure d'ébène de Loïc. Justement, celui que j'attendais !

Je lève la main pour lui faire signe de venir me rejoindre, mais il m'ignore complètement et traverse la pièce sans même me lancer un regard.

C'est plutôt Étienne, qui est aussi dans mon cours de français, qui s'empresse de venir s'asseoir à mes côtés, toujours aussi survolté.

— La belle Amande !

— C'est Amandine, lui dis-je d'un air morne.

— Je sais, je sais. Tu fais quoi vendredi prochain ?

— Ben... Je ne sais pas encore. On n'est que lundi, je ne fais pas de projets à long terme.

Son sourire s'élargit tandis qu'il enchaîne, sur le même ton badin :

— Donc, t'es dispo pour la fête d'Halloween !

— Ah ! euh... C'est vendredi... Et c'est à l'école ?

— Ben non, qu'est-ce que tu crois, c'est chez Hugo.

Devant mon air peu encourageant, il continue tout de même.

— Mais oui, le grand maigre. Il a les cheveux bruns.

Comme si c'était le seul qui correspondait à cette description !

— Allez, Hugo Landry, je suis sûr que tu le connais.

Non, pas du tout.

— Justement, c'est lui, dans la file.

Je repère alors l'adolescent qui attend tranquillement son repas. Je sais que je l'ai déjà vu quelque part. Puis, ça me revient, il fait partie du groupe que j'ai rencontré la dernière fois que je suis allée manger un cornet avec mon éduc. C'est un ami de Daphnée, sa nièce.

— Bref, il va y avoir pas mal de monde. Et si tu veux, on peut y aller ensemble ?

— Écoute, je ne sais pas trop, là.

Je réfléchis une minute, puis demande à brûle-pourpoint.

— Sais-tu si Loïc va y aller ?

Son regard en dit long sur ce qu'il pense de lui.

— Tu parles de Loïc l'asocial ? Ça m'étonnerait fort. Il n'y a pas grand monde qui a envie de le voir là-bas, si tu vois ce que je veux dire.

— Non, je ne vois pas ce que tu veux dire, justement.

Étienne fronce les sourcils en faisant la moue.

— Écoute, si tu ne veux pas venir, il n'y a pas de problème. Il y a certainement un tas de filles que ça intéresserait.

— OK, ben vas-y alors avec une de celles-là.

Et il se lève, légèrement décontenancé, puis repart d'un pas frustré rejoindre son groupe d'amis. Mon regard est alors attiré vers un jeune qui se met à discuter avec enthousiasme avec Étienne. Un garçon dont le contour de l'œil vire sur le bleu et dont la lèvre est fendue en plein centre. C'est l'adolescent que j'ai vu dans le parc, il y a seulement deux jours, et qui se faisait tabasser, juste avant que la police débarque. Se pourrait-il qu'Étienne aussi ait été là ?

Intriguée, je me dis qu'il faut vraiment que je discute avec Loïc.

* * *

La jeune fille mange en silence dans le capharnaüm de la salle commune où tous les étudiants chahutent et s'amusent bruyamment. Sa tête est pleine des images de la veille. Dédé est venu lui rendre visite le dimanche soir, et ils ont passé la soirée à se promener dans les rues avoisinantes. Sa mère ne travaillait pas et elle lui a donné la permission de rentrer vers 21 heures.

Léa a préféré ignorer le regard enragé de son beau-père, qui est allé ensuite s'enfermer dans le salon, où il a bu bière après bière. Après tout, sa mère était à la maison et rien ne pouvait lui arriver de bien grave durant la soirée. Mais...

C'était mal connaître Richard et ses idées tordues. En plein milieu de la nuit. Il a osé venir la voir. Il a osé, alors que sa propre femme dormait dans leur lit, au bout du couloir.

Une main sur la bouche, l'autre sous les couvertures. Il l'a humiliée comme il l'avait rarement fait jusqu'à maintenant. Léa a encore mal. Elle s'est levée le corps courbaturé, la bouche pâteuse, la tête pleine d'images de fin du monde. Ça ne peut pas continuer comme ça. Elle devra bientôt prendre une décision.

La fuite est la meilleure solution, croit-elle. L'adolescente ne peut plus en parler à qui que ce soit. Elle a si honte, et personne ne la croirait. Pas même Dédé. Il l'abandonnerait sûrement, s'il savait la vérité. Ce corps sali, cette âme souillée.

Pour l'instant, elle va devoir rompre. Si elle ne veut pas le faire trop souffrir, elle va devoir prendre son courage à deux mains et lui dire qu'elle ne veut plus le voir. Ce n'est pas parce qu'ils se sont encore embrassés alors qu'ils marchaient dans le parc, près de chez elle, qu'ils se sont assis sur un petit banc et qu'ils se sont pris la main durant des heures qu'ils ont pour autant un destin devant eux.

Léa est décidée. À la fin de la journée, quand il viendra la chercher, elle lui dira que c'était une erreur. Qu'elle ne veut rien savoir de lui, au fond. Qu'elle s'est moquée de lui, s'il le faut, pour qu'il comprenne qu'elle est bel et bien sérieuse. La jeune fille veut retourner à sa solitude, pour être bien certaine d'avoir le courage nécessaire d'en finir une fois pour toutes.

Et ce soir, dans la pénombre de sa chambre, elle passera à l'acte. Cette fois, elle réussira.

* * *

Les jeunes rigolent près des casiers et j'hésite avant de me lancer. Comme chaque fois que je fais les premiers pas, j'ai un peu peur d'être repoussée, de ne pas être acceptée. Allez, ma fille, tu peux y arriver, t'as juste une question à poser, ce n'est pas sorcier. Et Daphnée est plutôt gentille.

D'un pas mal assuré, je marche vers les deux filles qui fouillent dans leur casier respectif tout en se racontant leur week-end.

— Hum, hum...

Daphnée est la première qui se tourne vers moi. Elle sourit en me reconnaissant.

— Ah, bonjour... Amandine, c'est ça ?

Je hoche la tête et tente un sourire qui doit ressembler davantage à une grimace. Je n'ai tellement pas l'habitude de ce genre de chose.

— Salut. Je me demandais... Il y a une fête pour Halloween vendredi prochain, hein ? C'est chez... euh, Hugo ?

— Mais oui, si tu veux venir, t'es la bienvenue, c'est sûr !

— Ouais, en fait, j'ai déjà été invitée par... Étienne.

Les deux filles s'échangent un regard de connivence.

— J'espère que t'as pas l'intention d'y aller avec lui... Ce n'est pas ce qu'on pourrait appeler une bonne fréquentation.

Je plisse des yeux, contente de savoir que ma première impression était la bonne.

— Je lui ai dit que j'avais mieux à faire, de toute façon.

— Hé, hé ! Le connaissant, il ne devait pas être très content ! s'esclaffe l'amie de Daphnée.

— Ouais, mais en fait, je me demandais si un autre gars y allait, lui...

Les yeux de Daphnée s'agrandissent et elle me fait même un petit clin d'œil ridicule, espérant une confession amoureuse qui ne viendra certainement pas de moi.

— Loïc quelque chose. Il est dans mon cours de français. Il a les cheveux noirs et il est plutôt grand.

— Oh, oh ! arrête, je sais de qui tu parles et, franchement, ce n'est pas tellement un meilleur parti.

Je demande innocemment :

— Ah non ?

— Non. D'ailleurs, tu sais qu'il s'est même battu ce week-end ? Avec un ami d'Étienne, justement. Bon, la bande d'Étienne est loin d'être recommandable, c'est vrai, mais ton Loïc, c'est plus un solitaire qu'autre chose.

D'abord, ce n'est pas MON Loïc.

— Ouais, reprend l'autre adolescente, il n'a pas vraiment d'amis et il est toujours tout seul. On le voit traîner le soir un peu partout dans la ville, surtout dans le cimetière. C'est un gothique qui aime le sang et les trucs morbides. C'est quasiment normal qu'il finisse par se faire taper dessus, à force d'être aussi bizarre.

Là, elle exagère un peu, mais je ne la contredis pas, peu intéressée par son opinion.

– En tout cas, fait Daphnée en retournant à son casier, tu devrais venir avec nous à la fête, on va bien s'amuser ! Laisse tomber les autres, on va t'en présenter, nous, des mecs.

– Hum... Je vais voir.

Et les deux filles, après avoir ramassé leur sac, ferment leur casier et me disent au revoir tout en continuant à jacasser entre elles de la future soirée de vendredi. Tout en réfléchissant à leurs propos au sujet de Loïc, je me rends compte un peu trop tard que je n'ai pas eu le temps de leur parler d'Adrianne. Daphnée semblait avoir plusieurs ragots à me raconter à son sujet, la dernière fois que nous nous sommes croisées.

* * *

Dédé est là, devant elle, avec son sourire contagieux, ses paroles qui la font rire, sa joie de vivre qui n'est pas forcée, et elle ne sait plus. Léa sent qu'elle va encore une fois le laisser entrer dans sa vie. Elle va lui permettre de rester à ses côtés. Elle sait que cette faiblesse va lui faire énormément de peine, mais elle ne peut résister à quelques heures de bonheur.

Il lui tient la main, lui parle sans arrière-pensée, et c'est ce qu'elle aime chez lui. Sentir qu'il n'y a rien de compliqué en sa présence. Il est là, tout simplement, il vit l'instant présent sans se faire de souci pour le lendemain.

Il lui pose une question, qu'elle n'a pas entendue, perdue dans ses pensées.

— Alors, ça t'intéresse ?

— Euh... Excuse-moi, je n'ai pas compris. De quoi tu parles ?

— Ben, ce week-end, pour Halloween, on pourrait aller voir le dernier film d'horreur à l'affiche ? *Massacre au marteau-piqueur* ! Il sort vendredi soir. Allez, ce serait drôle. Et puis, si tu as peur...

— Je pourrais me coller contre toi, j'ai compris, répond-elle, amusée. Sincèrement, je ne sais pas trop. Ma mère travaille toujours le vendredi et c'est... à mon beau-père que je dois demander la permission. Je n'ai pas trop envie de lui quémander quoi que ce soit, tu comprends.

— Demande à ta mère en premier, c'est encore elle qui décide pour toi, j'espère !

— Oui, oui... Je vais essayer, mais je te promets rien.

— Génial ! Bon, je te laisse, je travaille ce soir à l'hôpital et j'ai presque pas le temps de manger, alors on se reparle demain, OK ?

Elle hoche la tête et le laisse se baisser vers elle, déposer ses lèvres si douces sur les siennes. Pendant un instant, elle s'imagine qu'il est le seul à avoir ce privilège, puis des images de la nuit dernière lui reviennent et elle sait que si ce manège continue encore longtemps, elle va devenir complètement folle.

Le jeune homme part au pas de course en direction de chez lui, la laissant seule sur le trottoir. Devant chez elle, une ombre la dévisage à travers la fenêtre du salon, derrière les rideaux. Un homme serre les poings et les mâchoires en la transperçant de son regard de braise.

11

Langue de bois

J'hésite quelques minutes devant la glace de ma chambre. Je ne devrais peut-être pas y aller, après tout. Non, mais, c'est vrai. Qu'est-ce que ça peut me faire d'aller me pointer là-bas, de fréquenter ces jeunes superficiels qui ne connaissent absolument rien à la vraie vie ?

Je retiens un soupir et me rends à l'évidence que, de toute manière, je n'ai rien d'autre à faire. C'est vendredi, et Daphnée et ses amis sont plutôt gentils. Alors, qu'est-ce qui me fout la trouille comme ça ?

La respiration sifflante d'Adrianne me parvient jusqu'à ma chambre. Elle s'est endormie tôt toute la semaine. Son opération l'a beaucoup fatiguée, mais il faut aussi dire qu'elle a recommencé à s'activer dans la maison et qu'elle en fait peut-être un peu trop.

D'ailleurs, quand elle a vu tout le ménage que j'avais fait pendant qu'elle se faisait opérer, elle s'est penchée vers moi, qui étais en train d'avaler mon bol de céréales matinal, puis elle m'a fait une espèce de caresse étrange. Entre le malaise et la joie sincère, j'en ai avalé de travers ma bouchée. Je ne l'avais pas entendue descendre et j'ai été surprise qu'elle me touche.

En tout cas, ensuite, elle a pris l'habitude de faire le ménage elle aussi. Sans blague, tout est relativement en ordre quand je reviens à la maison. Même dans le jardin, elle a commencé à ramasser des feuilles et à en faire des tas éparpillés un peu partout. Si ça continue, elle va pouvoir se débrouiller toute seule.

Mon éducateur doit venir demain, comme tous les samedis, et j'ai peur de ce qu'elle va lui dire. Est-ce qu'ils vont fixer une date pour mon départ prochain ? En attendant, cette soirée chez Hugo pourrait me changer les idées.

Et je vais enfin pouvoir parler à Daphnée, qui s'est défilée toute la semaine. Elle est super occupée, cette fille, entre ses cours de danse, de natation et d'échecs, elle n'a pas de temps pour se détendre. Moi, il faudrait qu'on me torde un bras pour que je m'inscrive à autant d'activités.

En sortant de ma chambre, je marche vers le fond du corridor, pour m'assurer une dernière fois qu'Adrianne va bien avant de m'éclipser pour la soirée. Je passe ma tête à travers la porte entrebâillée et je constate avec satisfaction qu'elle dort à poings fermés.

Puis, sans faire de bruit, autant que me le permettent ce plancher désuet et ce vieil escalier en colimaçon, je descends au premier étage. J'attrape mon manteau d'automne en espérant que je n'aurai pas trop froid. Il faut dire que le temps s'est passablement refroidi cette semaine et qu'en ce vendredi d'Halloween, on se gèle le bout du nez.

Je sors enfin de la maison et dévale la pente qui mène à la rue. Des dizaines d'enfants circulent un peu partout, accompagnés de leurs parents. J'en avais presque oublié cette stupide tradition que je n'ai jamais suivie. C'est vrai, je n'ai aucun souvenir de m'être déguisée à leur âge ni d'avoir tenu la main d'une mère en passant recueillir des bonbons et des sucreries.

D'ailleurs, je ne suis guère étonnée de voir qu'aucun enfant ne s'aventure jusqu'à la porte de la maison d'Adrianne. À la pensée de la peur que cette femme leur inspire, j'en rougis de frustration. Non, mais franchement, ils ont peur qu'elle leur donne des pommes empoisonnées, qu'elle leur vole leur sac de bonbons ou, pire, qu'elle les kidnappe carrément ? En rageant contre leur imbécillité, je me mets en marche en direction de chez Hugo.

Son adresse est écrite sur un petit bout de papier, dans ma poche, et comme je ne connais pas encore bien le quartier, j'essaie de me souvenir du chemin que je dois emprunter.

Il habite sur Dogson, dans le sud-est du quartier. C'est beaucoup trop loin en marchant, alors je dois prendre le bus pour y aller. En me rendant tranquillement à l'arrêt, je croise des petits démons, des fantômes au maquillage effrayant et des sorcières qui ne font pas trop peur. Mais il y a aussi une panoplie de Winnie l'Ourson, de Ladybug et de Dora qui défilent sur les trottoirs.

Je me fraie un chemin parmi cette horde d'enfants et je vais m'asseoir, encore incertaine de ce que sera ma soirée, sur un banc près de l'arrêt d'autobus.

* * *

Sur le perron, Léa attend impatiemment son amoureux. Sa petite veste ne suffit pas à retenir le tremblement de ses mains, causé par le vent froid. Elle aurait dû mettre des gants et un foulard, mais elle avait si hâte de sortir de chez elle, avant que son beau-père revienne du bar où il traîne habituellement.

Si elle reste à l'extérieur, il ne pourra rien lui faire. Il ne va tout de même pas lui sauter dessus devant témoins. « S'il vous plaît, faites que Dédé arrive bientôt », murmure Léa pour elle-même.

Dédé a insisté pour qu'ils aillent dîner au restaurant avant de se rendre au cinéma. C'est en quelque sorte leur première sortie officielle, et il veut lui montrer toute l'étendue de son romantisme. La jeune fille sourit en y repensant. Son amoureux a le don de la faire rire, de la tirer de son mutisme.

Oui, son amoureux... Elle commence lentement à se faire à cette idée. Peut-être que tout n'est pas perdu, après tout. Peut-être qu'il y a bel et bien un futur pour eux. Peut-être qu'elle ne va pas fuir, mais qu'elle va plutôt rester à ses côtés. Cette idée la rend heureuse. Elle parvient même à ne pas penser à Richard, qui a beaucoup travaillé cette semaine et qui l'a laissée tranquille.

L'adolescente est tirée de ses pensées par le ronronnement agressant d'une voiture qu'elle connaît trop bien. Un bruit de moteur qui n'a plus de tuyau d'échappement, un bruit assourdissant, qui annonce bien plus qu'une simple automobile...

De fait, son beau-père sort d'un pas lent de son véhicule, lance un regard à Léa qui grelotte, toute menue, devant la maison et se dirige vers elle, l'œil torve.

– Ça fait longtemps qu'on ne s'est pas parlé, tous les deux...

Léa avale sa salive avant de lui répondre.

– Je vais manger avec Dédé au resto et ensuite, on...

– Minute, on a bien le temps de discuter un peu, toi et moi, avant qu'il arrive, la coupe Richard en lui empoignant le bras.

— Non, je ne pense pas, il devrait être là dans une minute, fait Léa, dont la voix est devenue aussi fluette que celle d'une fillette, mais qui se laisse tout de même amener de force jusqu'à l'arrière de la maison.

— Arrête de faire ton effarouchée, ce sera pas long, lui murmure-t-il à l'oreille, tout en la traînant derrière lui.

* * *

Dans l'autobus, il y a très peu de gens. Je vais m'asseoir tout au fond et me cale dans mon siège, près d'une fenêtre. Le véhicule repart difficilement et je me mets à observer toute cette jungle, à l'extérieur. Les plus petits se font de plus en plus rares, et seuls certains ados déambulent encore sur les trottoirs.

Je vois le nom des rues défiler devant mes yeux, puis nous passons devant le parc l'Oasis, celui-là même où une bagarre a eu lieu, la semaine dernière, et je me remets à penser à Loïc, à qui j'aimerais bien poser des tas de questions. Loïc, qui m'a tendu une perche, il y a quelques semaines, que j'ai bêtement rejetée, par fierté ou par orgueil mal placé.

Ça m'étonnerait, comme me l'ont confirmé plusieurs jeunes cette semaine, qu'il se rende lui aussi à la soirée chez Hugo. Ce n'est pas son genre de faire la fête, de se mêler aux autres, lui qui est toujours d'humeur sombre. Je l'ai observé cette semaine, sans jamais avoir le courage de l'approcher. Et de toute manière, j'ai eu l'impression qu'il me fuyait. Ses yeux n'ont plus rencontré les miens, ils regardent obstinément par terre, comme si ses chaussures étaient la chose la plus intéressante au monde.

En tournant sur Guillaume-Tell, j'aperçois, à deux coins de rue, un vaste terrain clôturé. Une immense église le surplombe. Chaque fois que je suis en classe et que je regarde par la fenêtre, je peux voir cette haute croix s'élever dans le ciel. Juste derrière le bâtiment se trouve le petit cimetière. Je ne sais pas pourquoi cette pensée me traverse l'esprit, mais je me dis qu'en cette soirée d'Halloween, ce serait le lieu parfait pour faire une chasse aux fantômes.

Je balaie bien vite cette idée macabre et commence à scruter les alentours des pierres tombales, car un mouvement a attiré mon attention. Non, je ne me trompe pas, il y a bel et bien quelqu'un qui circule dans ce lieu supposé sacré. Intriguée, je colle mon nez sur la vitre. Une tignasse noire. Malgré moi, lorsque le bus s'arrête au coin de la rue, je suis déjà debout et je me dépêche de descendre, en me demandant encore pourquoi ma foutue curiosité prend toujours le dessus.

* * *

Dédé en a marre, marre et marre de son père qui lui fait sentir qu'il n'est plus le bienvenu chez lui. Il en a assez des reproches, des commentaires désobligeants et des remarques blessantes sur son avenir. Qu'il le laisse vivre ! À cause de lui et de la dispute qu'ils viennent d'avoir, il va être en retard à son rendez-vous avec Léa.

Le jeune homme espère que sa copine ne lui en voudra pas trop et qu'elle ne sera pas déçue de le voir arriver un peu en retard. Vite, il court sur le trottoir pour se dépêcher d'être enfin chez Léa.

* * *

Bon, je le dis et le redis encore : Merde, qu'est-ce que je fous ici ? J'ai les deux pieds dans l'herbe mouillée par la rosée, il fait un noir aveuglant et j'entends des pas provenir de derrière cette prochaine rangée de pierres tombales. Et moi, belle idiote, au lieu de déguerpir le plus loin possible, je m'enfonce encore davantage dans le cimetière, à la recherche de ce garçon dont, au fond, je n'ai absolument rien à cirer.

Non, mais, c'est vrai, qu'est-ce que je souhaite qu'il me raconte ? Qu'Adrianne est une buveuse de sang, qu'elle fait bouillir dans sa grosse marmite des yeux de poissons, des pattes d'araignées et des doigts de petites filles trop curieuses ? Je suis d'un ridicule, ce n'en est même plus drôle.

Et pourtant, je fais quelques pas et je débouche sur l'allée centrale. Pas la moindre trace de cet énergumène sur deux pattes qui s'amuse à jouer à cache-cache dans les cimetières.

En me retournant pour vérifier qu'il ne se terre pas de l'autre côté, mon cœur a un raté et menace sérieusement de sortir de ma poitrine quand je tombe nez à nez avec celui que je cherche depuis une bonne dizaine de minutes.

— Tu me suis depuis longtemps ? me demande-t-il, parfaitement stoïque.

— Hein, non, non, je... Ben, en fait, oui, que j'avoue, en reprenant un semblant d'équilibre.

— Pourquoi ? Tu ne vas pas à la fête où tous ces imbéciles vont ce soir ?

Bon, ce ne sera pas facile, il a l'air un tantinet vexé.

— Je t'ai vu entrer dans le cimetière et je me suis demandé... ce que tu y manigançais. En réalité, ça fait quelque temps que je veux te parler.

Il a un petit rictus de la bouche et me fait signe de le suivre, sans daigner me répondre.

— Tu sais, l'autre jour, je t'ai dit que je n'avais pas envie de discuter d'Adrianne avec toi, mais finalement... Ben, si t'as des choses à me dire...

Je le suis en trottinant du mieux que je le peux, entre l'herbe mouillée à moitié coupée et les pierres qu'il contourne d'un pas rapide.

— Et il y a aussi l'autre soir, quand je t'ai vu te battre. Je me demandais comment tu étais sorti du poste de police. Si ça allait. Alors, ça va ?

Son mutisme commence sérieusement à me taper sur les nerfs. Je m'arrête net d'avancer en mettant les mains sur mes hanches, prête à lui crier de me regarder quand je lui parle. Mais il se tourne alors vers moi et ses yeux d'un noir intense et sans fond plongent dans les miens, ce qui me fait frissonner, je dois bien l'avouer.

— Viens, je vais te montrer quelque chose. Je pense qu'après, tu n'auras plus aucune question à me poser.

Qu'est-ce qu'il peut bien me montrer d'intéressant en plein cimetière ? Des zombies cachés tout au fond du terrain, un repaire pour les loups-garous, une grotte qui mène à un passage secret vers un autre monde ?

Loïc arrête subitement sa progression et pointe son doigt vers une pierre tombale dont l'inscription est dans une langue que je ne connais pas. En m'approchant, je regarde le nom, qui ne me dit absolument rien, et jette un regard de côté à l'adolescent.

Quoi ? Il connaît la personne enterrée ici. Et alors ?

— Tu vois cette pierre ?

Ce serait dur de la manquer, elle est à deux mètres de mon visage. Je me contente de soupirer un bon coup.

– Tu lis ce nom ?

OK, il me prend pour une demeurée ou quoi ?

– Tu en parleras à Adrianne. Elle va sûrement se faire un plaisir de t'expliquer pas mal de choses…

Cette fois, il a capté mon attention. Adrianne, mais qu'est-ce qu'elle vient faire dans toute cette histoire ? Et tandis que je commence à me poser un tas de questions, Loïc en profite pour s'éclipser pour de bon et m'abandonner avec mes pensées qui vont dans tous les sens.

Quand je me retourne pour lui parler, il est déjà loin. Sans prendre la peine de le suivre, cette fois, je me dis qu'il est vraiment bizarre, ce type.

* * *

En arrivant au coin de la rue, Dédé se met à courir de plus belle. Il est essoufflé et ne pourra pas tenir bien longtemps, mais rien qu'à l'idée de Léa qui doit se morfondre et se demander s'il l'a abandonnée, il accélère la cadence pour finalement déboucher devant l'imposante maison de son amie. Sans prendre le temps de frapper à l'avant, le jeune homme oblique vers la gauche et se rend directement dans le jardin où il tombe sur…

D'abord, il voit le large dos du beau-père de Léa. Celui-ci semble occupé et il est penché vers quelque chose. Il émet des grognements sourds et ses bras s'agitent de bas en haut. Sans comprendre ce que Richard est en train de faire et légèrement intimidé par cet homme qui lui est si désagréable, Dédé se racle la gorge, espérant attirer son attention.

Richard se retourne alors d'un bond et relâche son étreinte sur la jeune fille, passive, qui se laisse faire. Ce n'est qu'à ce moment que Dédé la remarque et son regard passe de son chemisier, complètement ouvert, à ses seins, qui sont à peine retenus par son petit soutien-gorge.

Puis, il se tourne vers cet homme qui… cet homme qui… Un silence se fait dans sa tête, il a les oreilles bouchées, la bouche ouverte, il ne comprend pas.

Et Richard qui fait quelques pas vers la maison, ricane un dernier petit coup, rajuste sa braguette et abandonne les deux adolescents dans le jardin en lâchant un dernier commentaire pour la jeune fille.

— Bon ben, on en reparlera ce soir. Je n'aime pas quand tu sors déboutonnée ainsi...

Un silence malsain envahit les lieux, vides du départ de Richard.

Sans arriver à respirer normalement, Dédé se détourne de Léa. Il fait quelques pas. Ce qu'il a vu n'existe pas réellement. Ce qu'il a vu n'est pas la réalité. Une crampe le plie soudain en deux et il va vomir dans le bosquet de cèdres.

Léa, si fragile et délicate. Léa, si belle et si douce. Léa, celle qu'il aime. Léa qui va vers lui. Elle a déjà rattaché son chemisier et elle dépose sa petite main sur son épaule en lui demandant s'il va bien. Il se relève, les yeux brûlants, le visage en feu et lui crache sa peine en plein visage.

— Comment tu peux me demander ça ? Comment tu peux me demander si moi, je vais bien ? lui crie-t-il en reculant toujours.

Léa ne peut plus lui répondre. Sa gorge est nouée, alors des larmes inondent son visage blême de honte et de douleur.

Enfin, Dédé se laisse aller et va vers elle à grandes enjambées. Il la prend dans ses bras et la serre presque à lui faire mal. Dans sa douleur et dans sa rage, il ne parvient pas à lui demander depuis combien de temps ça dure. Qu'est-ce que ce monstre lui fait subir au juste ? Quelle est la réalité de cet enfer dont elle doit absolument se sauver ? Il n'arrive à rien dire. Mais il la serre dans ses bras en tentant de ne plus penser à tout cela.

12

Le mois des morts

En sortant du logement qu'il vient de visiter, le jeune homme est certain qu'il fait le bon choix. Léa va l'adorer, il en est certain. C'est un grand appartement, éclairé par de larges fenêtres de bois. Le salon et la salle à manger sont situés dans une pièce double, mais la cuisine est assez spacieuse et il aura de l'espace pour faire rentrer tous ses meubles dans sa future chambre.

Dédé vient de signer un bail de six mois, renouvelable en juillet prochain. À ce moment, si Léa le souhaite, ils pourraient même emménager ensemble ! Rien qu'à cette idée, son cœur gonfle dans sa poitrine. Elle est un peu jeune pour partir de chez elle, mais elle ne peut plus rester dans cette maison, avec son beau-père qui… Son cerveau se bloque un instant et il n'arrive pas à prononcer ces mots atroces, même dans sa tête.

Léa n'a pas voulu se confier à lui. Elle ne veut pas en entendre parler. Et lui, il se fait un sang d'encre dès qu'il sait qu'elle est seule chez elle. Avec ce détraqué, avec ce malade. Il a bien essayé de lui dire d'en parler à sa mère, mais c'est comme s'il s'adressait à un mur.

C'est pourquoi la meilleure solution serait qu'elle vienne vivre avec lui. Elle n'aurait pas besoin de travailler tout de suite. Il pourrait payer presque toutes les dépenses liées au logement. Tout en rêvant à ce futur si proche, l'adolescent déambule dans les rues froides de la fin de ce mois de novembre. Une petite neige a déjà envahi les trottoirs et les rues du quartier. La météo annonce même une tempête pour le week-end.

Le seul hic, c'est que l'appartement est situé à l'autre bout du quartier, sur la Montée à Rebours, au coin de Wodehouse. Évidemment, la petite librairie à un coin de rue n'est pas pour lui déplaire, mais il ne sait pas ce que Léa en pensera. Un peu nerveux, il tourne sur sa droite, en direction de l'arrêt de bus.

À moins qu'il s'achète une voiture… Cette idée lui a bien traversé l'esprit une ou deux fois, mais il ne sait pas comment il arriverait à tout payer s'il se décidait à faire une aussi grosse dépense. Indécis, il se dit qu'il aura le temps d'en discuter avec la jeune femme.

À peine quelques minutes d'attente et Dédé voit l'autobus tourner au coin de la rue. Confiant, il décide de faire un saut chez Léa pour lui parler dès aujourd'hui de son nouveau logement.

* * *

Ça fait presque un mois que je me retiens d'aborder le sujet. Ce nom tourne et tourne dans ma tête. Mais j'ai eu d'autres motifs d'inquiétude qui m'ont empêchée de discuter normalement avec Adrianne. Jean-Denis est venu me voir le lendemain de la fête d'Halloween, où je ne suis jamais allée, finalement. Mais je ne lui ai parlé de rien et lui non plus n'a pas mentionné la date de mon départ.

Puis, les semaines se sont enfilées les unes derrière les autres à la vitesse de l'éclair, et me voilà, à la quatrième de novembre, à me demander si je serai toujours là à Noël et ce qu'Adrianne compte faire de moi. Jean-Denis nous a rendu visite hier après-midi et il a été très content de voir qu'elle se débrouille de mieux en mieux. Elle est en pleine forme maintenant.

Ses cataractes l'empêchaient complètement de vivre. Depuis l'opération, elle ne parle pas plus (*il ne faut pas en demander trop*), mais elle tient sa maison beaucoup plus propre et elle a même trouvé une place pour chaque livre dans les bibliothèques du petit salon, à l'avant de la maison. Le jardin est à présent enseveli par la neige et l'on ne peut plus se rendre jusqu'aux anciens plants de tomates.

Mais Adrianne n'a pas l'air de s'ennuyer. Elle s'occupe de ses chats, je crois. Elle les caresse durant des heures et s'endort parfois dans le petit boudoir, une couverture sur les jambes. Elle m'a même demandé si je voulais lui faire la lecture. Je lis assez bien et ça faisait si longtemps qu'elle n'avait pas lu qu'elle ne se sentait pas d'attaque pour s'y remettre toute seule.

Ça a été une expérience vraiment étrange. Moi, assise à ses côtés, elle qui se berçait en écoutant ma voix. Parfois, elle me demandait de recommencer un paragraphe, de relire une phrase qu'elle avait trouvée particulièrement belle. Vraiment, j'ai beaucoup aimé ces moments privilégiés. Et je dois l'avouer, ça m'a même redonné envie d'écrire.

Rien de bien extravagant. Juste d'écrire quelques phrases. À Sarah, qui est encore au centre d'accueil, comme je l'imagine, et qui doit se demander pourquoi je ne suis pas encore revenue. Elle aura bientôt dix-huit ans et elle devra partir de sa chambre sécurisante. Je voudrais lui écrire des paroles encourageantes.

Je ne sais pas. Je vais peut-être demander l'adresse à mon éduc, à sa prochaine visite. Faut voir.

Mais aujourd'hui, j'ai décidé de plonger et de poser toutes les questions qui m'assaillent à Adrianne. Qu'est-ce que je risque, qu'elle ne veuille pas me répondre ? Ce ne serait pas la fin du monde.

Oui, c'est décidé, ce soir, au dîner, je vais lui demander à qui appartient ce nom sur cette pierre tombale.

* * *

Après les trois coups habituels donnés contre le chambranle, Dédé commence à s'impatienter.

Il sait que Léa n'est pas seule aujourd'hui, et ça le rassure, mais il voudrait tout de même savoir pourquoi ça ne répond pas. Et cette foutue porte qui n'est toujours pas réparée et qui l'oblige à passer à chaque fois par-derrière. Dès qu'il franchit le portail du jardin, des images désagréables lui sautent au visage.

Finalement, la mère de Léa apparaît de l'autre côté de la petite fenêtre et entrebâille la porte légèrement.

– Bonjour. Léa est malade aujourd'hui. Elle dort en ce moment.

Inquiet, Dédé lui demande immédiatement ce qu'elle a.

– Elle doit avoir attrapé un rhume. Rassure-toi, elle ira mieux dans quelques jours.

– Est-ce que je peux la voir quand même ? insiste le jeune homme, peu rassuré.

La mère hésite quelques minutes, puis secoue la tête en signe de refus.

– Non, il ne vaut mieux pas. Elle a besoin de repos. Mais attends, j'ai quelque chose pour toi.

Elle le laisse entrer et disparaît dans la cuisine. Il secoue ses bottes et s'ébroue un peu. Il fait vraiment très froid dehors. La mère de Léa revient tout de suite avec une lettre dans une main, qu'elle lui tend avec le sourire.

– Tiens, elle t'a écrit une lettre qu'elle voulait que je te donne si jamais tu passais dans le coin.

– Ah ! euh... Ben, merci. Bon, alors je vais y aller. Vous lui direz que je suis passé, d'accord ?

– Bien sûr. Elle sera contente.

Elle lui sourit gentiment avant de refermer la porte derrière lui.

Tandis qu'il fait quelques pas dans la neige, il lève les yeux vers la chambre de son amie. Sans en être complètement certain, il croit voir un rideau bouger et un visage d'ange qui l'observe, avant de disparaître. Confus, il retourne tranquillement chez lui, déçu de ne pas avoir pu parler à Léa.

* * *

C'est loin d'être évident de discuter avec une femme qui pratique comme sport olympique celui qui consiste à rester silencieux le plus longtemps sans être mal à l'aise le moins du monde ! Non, mais, c'est vrai. J'ai beau tourner et retourner la question dans ma tête, je ne sais pas trop comment la formuler. Évidemment, je pourrais y aller en douceur et en subtilité, mais ce n'est pas mon fort, alors autant se lancer.

– Adrianne… ?

C'est toujours un début.

Elle me regarde alors de son regard enveloppant, qui fouille chaque partie de mon être et de mon âme, et cela, sans avoir besoin d'ouvrir la bouche.

– Je voulais te parler d'un truc.

Elle hoche la tête et m'invite à continuer. Oui, mais continuer quoi au juste ?

– J'ai rencontré un garçon, à l'école…

Sérieusement ? J'avais dit droit au but, pas faire douze mille détours !

– Ben, c'est ça. Il est assez bizarre et, l'autre soir (ça fait quand même presque un mois), on s'est croisés.

Bon, on y arrive.

– Je ne vais pas te mentir, Adrianne : tout le monde te connaît, dans le quartier, hein ?

Bravo, voilà qu'elle se rembrunit. C'était pourtant si bien parti.

— En tout cas, il se raconte bien des choses sur toi.

Je m'enfonce, je m'enfonce de plus en plus.

— Bref (*enfin !*), il se promenait dans le cimetière… tout seul… Et je l'ai comme qui dirait suivi.

— Comme qui dirait ?

Premier mot qu'elle prononce et c'est pour se moquer de moi. Génial !

— En tout cas, tu comprends ce que je veux dire. Là, il m'a vue et il a voulu me montrer… ben, une tombe, OK ?

J'ai l'impression qu'elle ne respire plus. Quand est-ce qu'on fait le bouche-à-bouche, déjà ? C'est quand l'autre est inconscient, c'est ça ? Pas juste quand il arrête de respirer… ?

— C'était un nom que je ne connaissais pas. Il m'a dit, donc, ce garçon (*allez, accouche*), de t'en parler, que tu aurais sûrement bien des choses à me raconter…

Et là, je m'écrase sur moi-même, je fonds littéralement sur ma chaise. C'est sorti, je lui ai demandé, il ne me reste qu'à attendre la réponse. Réponse, d'ailleurs, qui tarde à venir. Je lui jette un coup d'œil et remarque que ça ne s'améliore pas pour elle. En plus d'avoir arrêté de respirer depuis bien cinq minutes, elle est blanche comme un linge et me fixe sans cligner des yeux. Elle va s'assécher la pupille, si elle continue. Et avec ses yeux tout neufs, il ne faudrait pas qu'elle fasse de folies !

Puis, enfin, elle parle.

– Je sais de qui tu veux parler et ça ne te concerne pas du tout.

Elle a l'air très en colère, maintenant.

– Non, ça ne te concerne pas du tout ! Et qui es-tu, d'abord, pour venir me juger ? Je t'offre un toit, de la nourriture, un endroit agréable pour vivre, une vie que tu n'as jamais eue. Et toi... Tu fouilles dans mon passé, dans ma vie. Tu me déçois beaucoup... Beaucoup...

Et elle se lève péniblement, comme si elle portait le poids du monde sur ses épaules. Je reste là, accusée et coupable de tous les maux. Mais coupable de quoi, au juste ? D'avoir voulu mieux la connaître, la comprendre ? Avant qu'elle ne sorte de la pièce, je lui lance un dernier cri de frustration :

– Si t'étais pas capable de t'occuper de moi, fallait pas me faire venir !

Je me relève si vite que j'en fais tomber ma chaise derrière moi. Je cours à travers le couloir qui mène à l'extérieur. Je débouche dans le jardin et trébuche, aveuglée par mes larmes.

On ne m'aura pas de sitôt, on ne m'y prendra plus ! C'est fini, les attendrissements, les mots gentils. Je me fous bien d'Adrianne et de ses secrets. Je me fous de cette vie minable dont elle m'a fait profiter durant ces quelques mois. Je vais faire ce que j'aurais dû faire il y a longtemps ! Je vais foutre le camp de cette maison de dingues !

* * *

Entre ses mains, il tient la lettre qui a signé leur rupture définitive. Écrite de la main de Léa, qu'il vient de tenter d'appeler, mais qui n'a pas voulu lui parler. Il peut lire qu'elle ne veut plus le voir, que cette histoire qui n'aurait jamais dû commencer est terminée, pour de bon cette fois.

Elle ne l'aime plus, ne l'a jamais aimé. Il lui faisait du bien, c'est vrai, mais sans plus. Le temps de s'échapper de son quotidien, de voir autre chose que sa vie odieuse. Dédé a le cœur en charpie, mais il n'arrive pas à croire un traître mot de ce qui est écrit sur cette feuille.

Sa Léa qui le repousse. Sa Léa qu'il adore et qui ne veut plus de lui. Il ne peut pas le croire. Alors, pour calmer sa douleur, sa peur de la perdre vraiment, il se jette sur du papier, un crayon à la main, et il lui écrit la plus belle, la plus douce lettre d'amour qu'il ait jamais écrite à qui que ce soit.

Il lui dit qu'il l'attendra. Qu'il sera toujours là pour elle. Que peu importe son choix, il continuera de l'aimer, pour toujours.

Après des heures d'écriture, de ratures, de papiers froissés et de recommencements, il a enfin devant lui la lettre définitive qu'il lui destine. Et il ira la lui donner dès demain, dès son réveil. Il se rendra chez elle, forcera sa porte s'il le faut, mais il ira la lui porter en main propre. Pour être certain que son message arrive à destination et aussi, il faut bien qu'il se l'avoue, pour la voir une dernière fois, si jamais elle décide malgré tout de le repousser pour toujours.

Mais demain, il a confiance, il va la faire changer d'avis...

13

Les cendres de décembre

Ça fait deux jours que je suis partie en cavale. Deux jours que je traîne mon air chagrin à travers la ville. Il faut bien que je me l'avoue, j'ai trop de peine pour être encore en colère. Je me sens trahie par Adrianne. Je suis certaine que je n'ai jamais compté pour elle. Et maintenant, elle n'aura pas besoin de se débarrasser de moi, puisque j'ai moi-même déserté sa maison. J'ai enfin foutu le camp.

Mais je ne suis pas allée bien loin. Je suis restée dans ce quartier qui me donnait des sueurs froides il y a seulement quelques mois. Maintenant, je n'arrive pas à trouver la force d'en sortir. Ce quartier plein de vie, ces rues remplies de ce petit quelque chose que je n'arrive pas à nommer. Tout ça me plaît. Beaucoup trop.

Alors, sans même que je m'en aperçoive, mes pas me ramènent inexorablement chez elle. C'est la deuxième fois que je déambule devant sa maison depuis que je suis censée être partie. Qu'est-ce qu'elle fait en ce moment ? Est-ce qu'elle s'en fout, de mon départ ? Est-ce qu'elle est passée à autre chose ? Elle est peut-être même heureuse d'être enfin seule de nouveau.

Ces pensées, je n'y crois pas vraiment. Adrianne a bien trop de cœur pour ne rien ressentir. C'est une femme merveilleuse. Qui ne parle pas beaucoup, mais qui est tout de même présente, complètement, totalement, et qui me fait sentir bien enfin quelque part.

Sur le point de me mettre à pleurer pour de bon, je capitule et je franchis la distance qui me sépare de la maison d'Adrianne. Devant sa porte, dans la pente abrupte, une voiture que je connais bien est garée. Je l'avais presque oublié, celui-là. Adrianne a dû téléphoner à Jean-Denis dès mon départ pour lui dire qu'elle ne voulait plus de moi.

Démolie, je monte lentement la pente et, arrivée tout en haut, je suis surprise de voir Jean-Denis ouvrir la porte en bois d'un bleu criard et me faire signe d'entrer.

— Amandine… Enfin, te revoilà !

— La porte ? Adrianne l'a fait réparer ?

— Eh bien, c'est plutôt moi qui m'en suis chargé. En t'attendant. Je me suis dit que j'aurais dû m'en occuper bien avant et, comme Adrianne était très inquiète et d'humeur massacrante, j'ai voulu me rendre utile.

Adrianne était inquiète…

— Viens, il faut qu'on parle, toi et moi.

— Est-ce que je peux voir Adrianne avant ?

Il secoue la tête.

— Elle n'est pas là. Elle avait… une visite à rendre à quelqu'un d'important ce matin.

Sans trop comprendre où Adrianne peut bien être allée, je le suis, docile, la tête sur le point d'éclater.

* * *

La mère de Léa est partie travailler.

Et Léa sait que c'est la dernière fois qu'il est venu dans sa chambre. Elle a écrit sa lettre à Dédé, en lui faisant bien comprendre qu'il n'y avait aucun espoir qu'ils se remettent ensemble. Elle a ensuite refusé de lui parler au téléphone et, même lorsqu'il s'est présenté chez elle, sa mère lui a indiqué clairement que Léa ne voulait plus rien savoir de lui.

Il souffrira moins s'il croit qu'elle ne l'aime plus.

Alors, elle descend sur la pointe des pieds, malgré les marches qui craquent, et se rend jusqu'à la petite cuisine. Son beau-père ronfle sur le divan. Il s'est gavé de bière et, après sa visite quotidienne auprès de l'adolescente, il s'est endormi, couché sur le sofa. Léa le regarde un instant, mais elle ne ressent plus rien. Même pas un restant de frustration. Son cœur et son esprit sont vides. C'est fini pour elle. Elle s'en va.

Elle sort lentement par la porte arrière et se rend jusqu'à la vieille voiture de Richard. Avec les clefs, qu'elle lui a subtilisées, elle déverrouille la portière, mais juste avant de s'y engouffrer, elle contourne le véhicule et va bloquer le tuyau d'échappement avec de la neige.

En fermant la portière derrière elle, elle reprend son souffle et démarre le moteur d'un geste vif. Elle incline son siège vers l'arrière et se couche tranquillement sur la banquette. Le seul souhait qu'il lui reste, c'est que le bruit assourdissant du véhicule ne réveille pas son beau-père. Juste au cas où, elle verrouille les portières.

Avant de sombrer dans un sommeil vide, elle revoit des images de Dédé qui la prend dans ses bras. Sa mère qui la berce et qui lui raconte une histoire, alors qu'elle est toute jeune. Sa *Mamouchka* qui fait un gâteau pour son anniversaire.

Et sa vie s'envole peu à peu sans qu'elle ne fasse rien pour la retenir...

* * *

— Adrianne tient beaucoup à toi, contrairement à ce que tu peux penser. Elle m'a appelé pour que je l'aide à te retrouver, pas pour se débarrasser de toi.

J'ai l'impression d'être une petite fille prise en faute. J'écoute, mais je garde le menton bas, les yeux fixés au sol.

— Si Adrianne ne t'a jamais parlé de son passé, c'est que c'est trop douloureux pour elle. Elle le fera quand elle en sera capable. Laisse-lui le temps.

En relevant la tête, je lui crie presque :

– Je sais qu'elle a eu un amoureux, tu sais, et qu'elle a beaucoup souffert, c'est juste que je ne comprends pas pourquoi ce serait la fin du monde !

Jean-Denis me regarde, interdit.

– Mais de quoi tu parles ?

– Ben, de la lettre de son amoureux que j'ai trouvée dans une tasse, cachée, fais-je, tout de même un peu gênée de lui avouer que j'ai fouillé dans la maison.

– Est-ce que je peux la voir, cette lettre ?

Il a une voix sans émotion qui me fait penser à celle d'un robot. Confuse, je lui dis d'attendre une minute, que je vais aller la chercher dans ma chambre. Quand je redescends, la lettre à la main, je la lui tends, un peu mal à l'aise devant sa froideur inhabituelle.

Et voilà que son visage passe du blanc au rouge en une fraction de seconde. Il se lève et fait les cent pas dans la pièce. Mais qu'est-ce qu'il lui prend ? Enfin, il s'arrête devant moi et me demande :

– Tu penses vraiment que cette lettre était adressée à Adrianne ?

Je hausse les épaules, prise de court.

— Cette lettre s'adressait à sa fille. Et c'est moi qui l'ai écrite...

Ça y est, je ne comprends plus rien. Il tombe alors lourdement sur sa chaise et pose son front sur sa main.

— Assieds-toi, je vais t'expliquer, je pense que tu le mérites.

* * *

Elle frappe sur la vitre de la voiture comme une forcenée. Sur le seuil de la maison, Richard se tient debout, l'œil encore endormi, sans trop comprendre pourquoi sa conjointe l'a réveillé en catastrophe.

La mère de Léa se jette à quatre pattes à la recherche d'un objet dur, pointu, qui lui permettra de briser la vitre, de sortir sa fille de là. Enfin, une pierre ronde à la main, elle se relève et, d'un puissant élan, fracasse la fenêtre du côté passager. Essoufflée, elle s'empresse de déverrouiller la porte et de sortir le corps mou de sa fille.

Dans un dernier sursaut de lucidité, elle crie à son mari, des larmes dans la voix et la panique dans les yeux :

— Appelle une ambulance !

Richard, qui semble enfin revenir sur terre, recule lentement vers l'intérieur, en tremblant de tout son corps.

« Oh non, se dit-il, quelle idiote ! Pourvu que... »

* * *

Alors, je m'assieds et, face à Jean-Denis, je reçois ses explications comme un coup de poignard en plein cœur.

— J'ai écrit cette lettre pour Léa Vassili, la fille d'Adrianne... avant que celle-ci prenne le nom de son mari, Richard Crevier.

C'est dans un murmure que je demande :

— Mais... qu'est-ce qui s'est passé ?

Mon éduc secoue la tête et ses yeux se durcissent.

— Richard, le beau-père de Léa, lui faisait subir ce qu'aucune adolescente ne devrait endurer dans sa vie. Il la...

— Ça va, j'ai compris.

Je l'arrête en levant la main pour lui faire signe que tout est clair, même s'il n'entre pas dans les détails. J'ai trop souvent vu des filles au centre revenir de séjours dans leur famille en miettes, le corps abusé de toutes sortes de façons. Il continue néanmoins, incapable de s'arrêter sur sa lancée.

— Quand j'ai découvert toute l'histoire, elle ne m'a pas laissé l'aider. Et moi, je n'ai pas su comment réagir. Elle ne pensait pas pouvoir s'en sortir un jour. Si j'avais su, marmonne Jean-Denis entre ses dents, en serrant les poings.

Je l'incite à continuer, ahurie par cette histoire que je ne soupçonnais même pas.

— Cet automne-là, il y a quinze ans, Léa et moi, nous sommes devenus amoureux. Malgré sa décision de se suicider, j'ai vraiment cru que je pourrais lui faire voir la vie d'un autre œil... Je me suis trompé complètement, il faut croire.

— Elle s'est suicidée ?

— Si tu savais comme ça me hante. L'impression de ne pas avoir fait tout ce qu'il fallait, d'être arrivé trop tard, d'avoir échoué. C'est plus fort que moi, et en même temps... ça me permet d'avancer.

Je suis émue et bouleversée. Doucement, je pose ma main sur celle de Jean-Denis et, en plongeant mon regard dans le sien, je lui murmure ces mots :

— C'est certainement ce qui fait de toi un meilleur assistant social.

Tandis que Jean-Denis continue son récit, je comprends la vie qu'il a vécue, quand il était adolescent et qu'il fréquentait cette Léa Vassili, la fille d'Adrianne.

Quand je pense à cet homme qui a poussé sa belle-fille au suicide en abusant d'elle jour après jour sans qu'Adrianne ne se rende compte de rien, j'enrage. Elle travaillait trop, n'avait pas le temps de s'occuper de sa fille. Et Jean-Denis, qui en était amoureux et qui n'a pas su quoi faire pour l'empêcher de passer à l'acte...

Je comprends alors tous ces jugements portés envers Adrianne. Envers cette femme qui a en quelque sorte laissé mourir sa fille sans rien dire. Et même si elle a chassé à jamais son mari de la maison après le suicide de Léa, il était déjà trop tard. Toute cette histoire me bouleverse à un point tel que je ne peux poser qu'une seule question à Jean-Denis, que je vois d'un œil complètement différent maintenant.

— Où est Adrianne en ce moment ?

Il me fait un petit sourire triste avant de me répondre.

— Elle va au cimetière tous les 1er décembre depuis quinze ans. Tu la retrouveras là-bas. Moi, j'y suis resté quelques minutes en allant la conduire, mais je n'arrive jamais à y demeurer bien longtemps.

— Oh, encore une chose. Pourquoi elle a gardé le nom de cet homme, pourquoi elle n'a pas repris son nom de jeune fille ?

Jean-Denis me regarde, les yeux toujours empreints de cette tristesse.

— Adrianne a voulu faire en sorte de ne jamais oublier ce qu'elle a fait. Ou plutôt, ce qu'elle n'a pas fait...

Épilogue

Cachée sous une voilette noire, la mère de Léa essuie les larmes qui jaillissent de ses yeux. Dans sa main, elle tient une feuille pliée en quatre. Les mots que sa fille aurait dû lire avant de... avant de passer à l'acte, pour de bon cette fois. Les mots de son jeune amoureux, les mots qui l'auraient peut-être empêchée de...

Devant elle, de l'autre côté du cercueil, elle observe le visage hypocrite de son conjoint. Des tics nerveux assaillent son visage déjà rongé par les rides et les cernes. Il n'est pas beau à voir. Adrianne se demande s'il éprouve le moindre remords.

Ce soir, elle l'affrontera. Il continuera de lui mentir, et elle n'aura aucune preuve. Mais c'en est assez, la comédie est finie. Sa fille en est morte. Sa fille s'est chargée de faire régner la justice et si elle, sa mère, n'est même pas capable de suivre son exemple, elle ne vaut plus rien.

Demain, son mari fera ses bagages et partira. Elle ne le reverra plus jamais. Qu'il parte le plus loin possible, qu'il disparaisse pour de bon, qu'il crève, tiens. Mais qu'elle ne le revoie plus jamais.

À ses côtés, un jeune homme retient les cris qui lui étranglent la gorge. Il y a à peine quelques jours, quand il s'est rendu d'urgence à l'hôpital, il a explosé de colère en voyant le regard coupable de Richard. Il lui a sauté au cou, l'a secoué comme un prunier, mais l'homme, plus lourd et plus fort que lui, s'est vite dégagé de son emprise. Il l'a repoussé au sol et est parti sans dire un mot.

Interdite, la mère de Léa n'a rien fait pour empêcher cette altercation. Ce n'est qu'à ce moment que l'évidence lui a bondi au visage. Pas besoin des explications rageuses du jeune homme pour comprendre enfin le cri de désespoir de sa fille. Pour saisir l'ampleur de ce que Léa aura dû endurer avant qu'elle n'ouvre les yeux pour de bon.

Elle et Jean-Denis se sont observés durant de longues minutes après le discours à sens unique du jeune homme, puis elle lui a cédé sa place auprès du corps froid qui avait autrefois été sa fille. Sa petite fille qu'elle n'a pas su défendre.

Épilogue

Alors, Jean-Denis est allé se coucher dans le petit lit d'hôpital et il y a passé la nuit. Il a passé sa première et dernière nuit en compagnie de Léa dans ce décor glacial, qu'il détestera pour le restant de ses jours. Tandis qu'il lui chuchotait tout ce qu'il n'avait pas eu le temps de lui dire, il a versé toutes les larmes qu'il lui restait. Il a aussi glissé sa lettre entre les doigts raides, comme si elle pouvait encore lire tous les mots d'amour qu'il lui avait écrits.

Et maintenant, devant ce cercueil qui est déposé lentement dans son trou, il ne lui reste plus rien. Que le vide qui va le suivre durant de longues années. Qui fera de lui un être plus humain. Il ne le sait pas encore, mais il trouvera en lui la force nécessaire pour continuer. Il poursuivra ses études et deviendra assistant social. Pour ne plus laisser les jeunes souffrir autant sans que personne n'agisse. Pour ne plus laisser sa belle Léa mourir encore et toujours. Pour que la vie ait le dessus sur la mort.

* * *

Je cours comme je n'ai jamais couru. C'est à cette date-ci, il y a de cela des années, qu'Adrianne a mis sa fille en terre. Je sais que j'arrive quinze ans trop tard, mais je suis tout de même là. Et je vais rester. Pour qu'Adrianne retrouve le sourire. Pour que la culpabilité qui l'a envahie durant toutes ces années s'envole.

Je cours en direction du cimetière. Je me fous qu'il soit au bout du monde. Je sais qu'Adrianne est là et je veux être avec elle. Je veux qu'elle comprenne que je ne vais pas l'abandonner, qu'elle n'a pas raté son coup en me prenant sous son toit, qu'elle m'a sauvé la vie, à moi.

Elle m'a fait devenir meilleure. Et surtout, elle m'a fait comprendre comment on se sent quand quelqu'un se soucie de nous.

En tournant au coin de la rue, je vois la clôture qui enceint les pierres tombales. Je vois ce décor funèbre et je continue de courir de plus belle. Malgré ce que les autres peuvent en penser, je ne vais pas rejoindre une vieille folle, une recluse qui fait peur à son voisinage, une femme qui a laissé mourir sa fille.

Épilogue

Je vais rejoindre une femme merveilleuse, qui a droit à une seconde chance et qui est prête à m'accueillir, moi l'écorchée, moi la sans-abri, moi qui me sens différente des autres jeunes…

Nous allons prendre soin l'une de l'autre…

Tables des matières

MARILOU ADDISON

Originaire du Québec, Marilou Addison a grandi entre une mère écrivaine et un père enseignant le français. Aimer les livres n'était donc pas une option !

Il y a plusieurs années, elle a décidé de plonger sans retenue dans le monde du livre. Elle écrit maintenant à temps plein des romans pour tous les âges : dans les collections Micro Big, Mini Big et Big, *Pépito aime les pirates*, *Les Émo-J*, *Taxi Baboune*, *Fifi a mangé le facteur*, *Chat volant non identifié* et *Passepeur* ; en romans jeunesse, *LOL*, *Les DIY de Maélie* et *Le journal de Dylane* ; et pour les adolescents, *Éclipse*.

Marilou est souvent présente dans les divers salons du livre car elle adore rencontrer ses lecteurs. Tu peux aussi la joindre sur sa page Facebook (Marilou Addison auteure) ou sur son compte Instagram (@marilouaddison).

Tu as aimé ce livre?
Tu aimeras aussi :

Fan incontesté des contes de fées, Helias a toujours voulu incarner un prince au sein du plus grand parc à thème des États-Unis. Néanmoins, quand il passe le casting, on le juge trop petit et il se trouve relégué à la billetterie. De loin et sans jamais lui adresser la parole, Helias admire Marco, un garçon venu d'Arménie. Ce dernier est si beau qu'il a été sélectionné pour jouer le prince Aladdin cet été. Un jour, Helias obtient une promotion qui le propulse au cœur du parc… en tant que garçon hot-dog ! Mais quand on porte un costume aussi affreux, comment espérer gagner le cœur de celui qu'on convoite ?

Chapitre 1

Helias soupira une fois de plus en donnant son ticket d'entrée à un client. Il ne cessait de repenser à son audition ratée du mois passé. Il avait envie de se flageller chaque fois qu'il se revoyait en train de tomber la tête la première au sol durant la chorégraphie.

Depuis tout petit, le jeune garçon rêvait de travailler dans le plus grand parc d'attractions des États-Unis et d'incarner un des princes charmants qui avaient bercé son enfance. Il espérait tellement personnifier un jour un célèbre personnage de conte de fées qu'il avait surveillé les dates d'audition pour ces rôles et s'y était inscrit dès qu'il avait eu vingt et un ans (soit l'âge auquel ses parents avaient accepté de le laisser partir).

Il s'était préparé nuit et jour en écumant le Net pour savoir ce qu'il devait apprendre. Pourtant, il était allé de déception en déception...

D'abord, il s'était mal mesuré et quand il était arrivé sur place le jour de la séance d'essai, on lui avait dit qu'il faisait trois centimètres de moins que le minimum demandé pour jouer un prince. Mais puisqu'il était là, on allait quand même le laisser passer l'audition. C'est alors qu'il s'était ridiculisé en essayant d'exécuter la chorégraphie. Lui et sa maladresse de toujours n'avaient pas tenu longtemps devant les danseurs plus expérimentés. Au moment de faire une volte-face, ses jambes s'étaient emmêlées et il avait fait le plus beau des plongeons juste sous le nez des juges. Il s'était humilié devant tout le monde !

Helias n'avait donc pas été retenu pour faire partie de la distribution et avait dû se contenter d'un poste à la billetterie. Depuis le début de l'été, il travaillait ainsi à l'entrée de cet immense parc d'attractions, enfermé dans son étroite cabine, à faire payer les visiteurs et à valider leurs billets. C'était ultra répétitif, mais au moins, il travaillait à l'endroit de ses rêves. Et de là où il était, il pouvait déjà ressentir un peu de la magie de cet univers féérique.

Un peu de la magie du parc, mais surtout celle du garçon qui incarnait le prince arabe des *Mille et Une Nuits*...

– Helias ! Réveille-toi, il y a des clients ! s'exclama sa collègue en claquant des doigts devant lui. À quoi penses-tu ? Pas encore à ton prince, j'espère !

Le jeune homme se secoua et cligna rapidement des yeux pour s'occuper des visiteurs qui attendaient impatiemment d'être servis. Quand ils eurent passé la barrière, il se tourna vers sa compagne de travail, qui lui faisait une grimace.

– Désolé, j'ai été distrait.

Sophie ricana en ajustant sa casquette aux couleurs du parc sur ses cheveux blonds noués en queue de cheval.

– Tu es toujours distrait quand tu penses à Marco ! Tu devrais vraiment aller lui parler après le travail, tu sais. Si tu veux, je sais dans quelle résidence il habite. Une amie l'a vu sortir, l'autre jour.

– Tu sais que je ne peux pas l'approcher, c'est un prince ! dramatisa-t-il.

Depuis son arrivée, Helias avait appris à ses dépens que les dessous du parc étaient un vrai *Game of Thrones*. Il fallait lutter pour conserver sa place, car des centaines de filles et de garçons rêvaient de gravir les échelons et de devenir un personnage vedette, le temps d'un été. Il existait en effet une véritable hiérarchie entre les employés. Les princes et les princesses trônaient au sommet, suivis des personnages secondaires, des grands méchants, puis des mascottes. Tout en bas, il y avait les travailleurs qui, comme lui, s'occupaient des caisses, des manèges et des activités diverses, et du nettoyage. Autrement dit, il ne pourrait probablement jamais parler à Marco. Ils n'allaient même pas aux mêmes fêtes et n'appartenaient pas au même monde !

— ... si seulement je pouvais avoir un poste à l'intérieur du parc, songea-t-il tout haut, je pourrais au moins le voir plus souvent.

Marco était parfait, aux yeux d'Helias. Ce dernier bavait chaque fois qu'il le voyait passer, matin et soir, depuis la fenêtre de sa résidence. Le prince des *Mille et Une Nuits* représentait son idéal physique. Très grand, plus d'un mètre quatre-vingt-dix, il avait le teint basané, des bouclettes brunes, un grand sourire charmeur et des yeux d'un noir profond. Helias avait entendu dire que Marco était Arménien. Il devait retourner dans son pays à la fin de l'été. De plus, le bel étranger était ouvertement gay, et il était devenu en quelques jours seulement le meilleur ami de presque toutes les filles qui incarnaient les princesses. Il semblait vraiment doué sur le plan relationnel. Dès la première fois qu'Helias l'avait aperçu, il avait éprouvé un réel coup de foudre. Mais jamais il n'aurait le courage de l'approcher !

– Tu repasseras les auditions l'année prochaine. Apparemment, ils cherchent des garçons plus petits pour les fées, lança Sophie.

– C'est un prince que je voulais jouer, moi.

La jeune fille lui tapota le dos.

– Je suis désolée pour toi, mais je suis presque sûre que tu ne grandiras plus, Helias, il va falloir t'y faire.

Il pinça les lèvres. Son amie avait sans doute raison, mais les contes de fées lui avaient appris à croire en ses rêves et il ne pouvait se résoudre à y renoncer.

Tandis que les deux jeunes discutaient, ils furent soudainement interrompus par la sirène bruyante d'une ambulance. Étant donné le nombre important de visiteurs présents chaque jour sur le site, les petits accidents n'étaient pas rares. Sophie et Helias poursuivirent donc leur discussion jusqu'à ce que la jeune fille remarque, du coin de l'œil, le costume de hot-dog qu'un des ambulanciers venait de faire glisser à côté de la civière.

– Hé ! T'as vu ça ? C'est le *hot-dog man*. Qu'est-ce qui a bien pu lui arriver ?

Helias haussa les épaules. N'importe quoi avait pu arriver.

* * *

Ayant terminé ses heures de travail, Helias laissa sa place à l'employé qui le remplaçait et quitta son poste avec Sophie. Il avait de la chance de travailler de jour.

Peu de gens le savaient, mais toute une ville s'articulait autour de ce gigantesque centre d'attractions. Derrière les hauts murs qui bordaient le parc, il y avait des centaines de résidences réservées aux employés. Et ceux-ci pouvaient utiliser un système de transport collectif spécifiquement prévu pour eux.

Helias et Sophie prirent le bus au coin de la rue La Belle au bois dormant pour retourner à leur petit appartement. Une fille qui travaillait au château et quelques danseurs du défilé de jour les accompagnaient. C'était toujours spécial de se déplacer en bus autour du parc.

Ils descendirent à l'arrêt le plus près de leur logement. Le loyer était prélevé sur leur salaire, mais il n'était pas très cher. Et de toute façon, ceux qui travaillaient au parc ne le faisaient pas pour se remplir les poches, mais bien pour vivre une expérience. Avec les grandes fêtes qui se donnaient chaque week-end dans les résidences et les dépenses au restaurant, vivre et travailler loin de chez soi n'était pas très rentable, finalement.

Helias salua Sophie et rentra pour se changer. Depuis la fenêtre de sa chambre, il aperçut Marco qui rentrait aussi. Le jeune homme portait un jean et un t-shirt qui moulait son torse musclé comme une seconde peau. Son visage brillait encore du maquillage doré qu'il s'appliquait tous les matins avec grande minutie pour mettre la touche finale à son costume.

Chaque employé du parc qui incarnait un personnage thématique se voyait offrir une trousse de maquillage au moment de son embauche et devait apprendre à l'utiliser de façon à avoir chaque jour la même apparence. Et toutes les Blanche-Neige devaient se ressembler ! Helias trouvait que Marco était de loin le plus beau de tous les Aladdin. Il aurait pu l'observer des heures durant sans se lasser, mais il ne voulait pas avoir l'air d'un obsédé. Alors, il se faisait discret.

Au moment d'aller dîner, Sophie rejoignit Helias à l'extérieur et les deux collègues se dirigèrent ensemble vers la cafétéria.

– Ma voisine de palier m'a dit que tout le monde parle de l'événement de tout à l'heure, lui apprit-elle. Le *hot-dog man* a eu un malaise pendant qu'il travaillait. Une crise d'épilepsie, d'après ce qu'on dit. On raconte aussi qu'il ne pourra pas revenir travailler de l'été... C'est horrible !

– T'as raison... imagine si ça m'arrivait !

Sophie frotta le dos de son ami.

— Ça ne t'arrivera pas ! Je veux bien croire que tu es maladroit, mais de là à provoquer un accident !...

Alors qu'il allait répondre, Helias manqua de trébucher sur le bord du trottoir, confirmant les dires de sa compagne. Cette dernière s'esclaffa avant de lui tendre la main pour l'escorter jusqu'à la cafétéria.

Une fois qu'ils furent bien installés devant leur repas, un homme s'approcha d'eux.

— Ah ! Helias, tu es là !

Le garçon leva les yeux sur celui qui lui adressait la parole. Il s'agissait d'un des superviseurs du parc. Aussitôt, il essuya sa bouche avec sa serviette de table et tâcha de se tenir droit pour faire meilleure impression.

— Bonjour. Vous me cherchiez ?

— Oui. À vrai dire... c'est un peu urgent. J'imagine que tu as entendu parler de ce qui est arrivé à Jacob, aujourd'hui ?

— Le *hot-dog man*, lui chuchota Sophie à l'oreille.

— Ah, oui... j'en ai eu vent.

— Bon. On a eu des nouvelles de Jacob : il ne reviendra pas travailler cet été. Son poste est donc vacant. Comme tu as déjà passé l'audition pour faire partie du *casting*, on pense que tu serais parfait pour reprendre le rôle de *hot-dog man*. Le salaire offert pour ce travail est un peu plus élevé que celui des employés à la billetterie, précisa-t-il.

Helias hésita un moment, mais les arguments de son supérieur firent mouche. Certes, il n'avait jamais rêvé d'être *hot-dog man*, mais cet emploi lui permettrait de travailler enfin dans l'enceinte du parc. De plus, il pourrait assimiler les très nombreuses règles auxquelles étaient assujettis les membres du *casting*, ce qui lui serait sûrement utile pour accéder à un rôle plus important. Sans compter qu'il aurait davantage d'occasions de croiser Marco...

– J'accepte.

– Hé ! s'exclama Sophie. Et moi ? Tu vas me laisser toute seule à la billetterie ?

– Ne t'inquiète pas, je continuerai de venir te voir même si je côtoierai tous les membres du *casting* !

Son amie grimaça avec amusement.

– Ne t'enflamme pas trop, tout de même.

– Dans ce cas, tu commences demain, conclut le superviseur. Tu n'auras qu'à aller chercher ton costume et rapporter ton uniforme en même temps.

Helias acquiesça. Chaque début de saison, les employés devaient récupérer leur costume ou leur uniforme dans un bâtiment où étaient entreposés des milliers d'habits, de toilettes et d'accessoires de toutes sortes. Des dizaines de costumiers y travaillaient. Quand il y était allé après avoir été embauché comme employé à la billetterie, il avait eu des étincelles plein les yeux en apercevant les rangées de robes brillantes et de tenues extravagantes faites à la main par les couturiers. Leur travail artisanal était incroyable. Chaque détail était réfléchi avec minutie. Mais cette fois, il avait dû se contenter d'un uniforme reproduit en des centaines d'exemplaires identiques. Le costume de hot-dog avait l'avantage d'être un peu plus original...

Chapitre 2

Le travail de *hot-dog man* était relativement simple. Il n'avait qu'à se pavaner sur le site pour faire la promo du kiosque à hot-dogs mobile d'inspiration new-yorkaise. Il poussait le stand et racolait les clients. Les enfants trouvaient le personnage rigolo, d'autant plus que son costume l'empêchait de se mouvoir avec élégance. Le gigantesque hot-dog couvrait entièrement le corps d'Helias et seuls son visage, ses bras et ses jambes dépassaient du déguisement, limitant ses mouvements plus qu'il ne l'aurait pensé.

Dans la mesure où il oubliait l'image qu'il avait vue dans la glace après avoir enfilé le costume pour la première fois, Helias adorait ce nouveau travail. Il pouvait circuler librement à l'intérieur du parc comme lorsqu'il était petit. Le rêve qu'avait engendré l'endroit dans son esprit ne s'était jamais envolé. Il avait maintenant les yeux pleins d'étoiles quand il levait la tête pour contempler le grand château gris et rose qui le surplombait avec ses tourelles aux toits plaqués de feuilles d'or. Le sourire des enfants le remplissait de joie, tout comme le fait de voir Blanche-Neige embrasser un gamin sur la joue ou la Belle se balader au bras de la Bête en saluant d'un « Bonjour ! » tous ceux qu'elle croisait. Il en arrivait presque à oublier qu'il était prisonnier d'un costume de hot-dog géant et quand l'idée lui traversait l'esprit, il se consolait en se disant qu'il ne connaissait personne parmi les visiteurs. En outre, le petit supplément de salaire que lui offrait ce travail lui permettrait d'inviter Sophie à prendre un verre pour se faire pardonner de l'avoir abandonnée à la billetterie.

Depuis le matin, Helias avait remarqué que son lacet s'était défait, mais son costume ne lui permettait pas de se pencher pour le rattacher. Il avait donc fini par l'ignorer, sachant que de toute façon, il n'aurait pas à piquer un sprint.

— Délicieux hot-dogs new-yorkais ! Une expérience mémorable ! Dééééllicieux hot-dogs vapeur !

Soudain, il se figea en pleine tirade publicitaire quand, du coin de l'œil, il aperçut Marco – rayonnant et aussi splendide que d'habitude – qui marchait vers lui dans son costume d'Aladdin. Helias en eut le souffle coupé. Le jeune homme était encore plus beau déguisé. Il portait un pantalon souple muni d'un large élastique à la taille avec un veston court brodé de détails délicats ouvert sur son torse découpé au couteau. Un petit fez était posé sur ses boucles brunes qui rebondissaient à chacun de ses pas. Des paillettes dorées brillaient au soleil sur ses pommettes. *Zut*, songea Helias, *il est superbe.*

Il se rappela soudain qu'il portait le plus affreux des costumes. Que penserait Marco s'il le voyait là-dedans ? Plus jamais le prince ne voudrait lui parler, ça, c'était certain ! Il devait vraiment disparaître avant d'être humilié à tout jamais. Déjà que la chute qu'il avait faite lors des auditions était devenue célèbre au sein des employés, il ne voulait pas en rajouter !

Mais comment ne pas se faire voir alors qu'il portait un costume conçu dans le but d'attirer le plus possible l'attention du public ?

À partir de cet instant, tout se passa très vite dans la tête d'Helias. Sans plus attendre, il tenta de fuir en marchant très vite, faisant mine d'aller interpeller des clients plus loin. Voyant que Marco s'était encore rapproché, il accéléra le pas tout en jetant un œil derrière lui. C'est alors qu'il eut le malheur de poser le pied sur son lacet... et de voir les catastrophes s'enchaîner.

Au moment où Helias perdit l'équilibre, Marco courut pour le rattraper.

— Attention !

Helias pensa aussitôt à une seule chose : *Non, il ne doit pas me voir comme ça, notre première interaction ne peut pas se dérouler ainsi !* Alors, sans même réfléchir, il tenta de repousser Marco, mais ce faisant, il déclencha malgré lui un carambolage. Le prince des *Mille et Une Nuits* heurta une cliente qui, par réflexe, le poussa à son tour. Marco atterrit ensuite sur une enfant qui était en train de dévorer un hot-dog. Celui-ci tomba au sol et éclaboussa le pantalon d'Aladdin de moutarde et de ketchup. La petite fille se mit aussitôt à pleurer.

— Chut, chut... ne t'inquiète pas, je vais demander au génie de faire quelque chose, tu vas voir..., tenta de la rassurer le jeune homme, tandis qu'Helias observait la scène d'un air effaré.

La mère de l'enfant arriva en trombe, prête à gronder Marco, mais un employé du restaurant vint à leur rescousse en offrant à manger gratuitement à la famille pour se faire pardonner.

— ... Ayez une journée magique ! leur lança pour finir Marco avec un sourire forcé.

L'Arménien essaya ensuite de s'essuyer avec des serviettes de table, mais son costume, qui devait toujours être parfaitement propre pour entretenir la magie de l'expérience visiteur, était fichu pour la journée.

Se maudissant d'avoir si mal réagi, Helias se dirigea vers lui en regardant le sol avec un air de chien battu.

Comment puis-je être aussi maladroit ?

Sophie disait souvent que ses parents auraient dû l'appeler Murphy ! Avec ce qui venait d'arriver, c'était fichu : il ne ferait jamais bonne impression auprès de Marco. Le jeune garçon aurait préféré disparaître, mais son bon sens lui disait qu'il devait au moins aller s'excuser.

— Euh... Aladdin...

Helias savait que les personnes du *casting* ne pouvaient jamais dévoiler leur véritable identité lorsqu'ils étaient en fonction dans le parc.

— ... Je suis vraiment désolé pour tout ça...

Puis, le garçon hot-dog se dit subitement, sur un coup de tête, qu'il n'avait plus rien à perdre. C'était sans doute sa toute dernière chance de parler à Marco, car il était évident que le jeune homme ne voudrait plus jamais le voir après le désastre d'aujourd'hui et qu'il raconterait sa bêtise à tout le monde.

— Écoute, je suis désolé... Je me suis sauvé parce que j'étais vraiment gêné que tu me voies dans ce costume-là... c'est vraiment moins sexy qu'un costume de prince... enfin, je m'emmêle... et je ne suis même pas certain de ce que je suis en train de raconter... mais... mais tu me plais vraiment beaucoup... En fait, je crois que je suis tombé amoureux de toi dès la première fois que je t'ai vu devant les résidences... Je sais que ça a l'air idiot et qu'on ne se connaît pas du tout, mais je te rassure... je ne suis pas un bizarroïde... Enfin, là, je dois te paraître super bizarre... Zut ! Ce n'est pas ce que je veux dire... Bref, je ne suis pas un *stalker*. C'est juste que tu as vraiment un beau visage et que tu me plais vraiment beaucoup. Mais je me répète... C'est tout ! Merci de m'avoir écouté !

Son cœur s'était emballé à une vitesse folle et, à la fin de sa tirade enflammée, Helias dut reprendre son souffle tant il avait parlé sans respirer. S'empourprant jusqu'à la racine des cheveux, il fut toutefois incapable d'attendre la réaction de son interlocuteur. Il s'enfuit le plus vite possible, dans la mesure où son costume le lui permettait, de peur de prendre son poing en pleine figure ou de devoir affronter un rejet violent.

Sous le choc, le prince le regarda partir sans bouger, avec de grands yeux ronds.

Une fois à l'abri derrière une grande attraction, Helias prit le temps de souffler. D'un seul coup, toute la scène lui revint en mémoire et il gémit de désespoir. Pourquoi devait-il être aussi maladroit ? Et, surtout, qu'est-ce qui lui avait pris de tout balancer à Marco ? Si ce dernier ne refusait pas de le revoir, c'était lui qui s'en empêcherait et qui longerait les murs pour l'éviter à tout prix. Il avait tellement honte ! Il était persuadé que même Sophie aurait du mal à le croire quand il lui raconterait ce qui s'était passé, même en connaissant son manque de chance flagrant et sa maladresse légendaire.

Murphy était véritablement son deuxième prénom !

Chapitre 3

Helias passa le reste de la journée à essayer de disparaître dans son costume de hot-dog géant. S'il l'avait pu, il aurait fait comme les tortues et se serait caché dans sa carapace. Il repensait sans cesse à sa bévue en se demandant ce qui lui avait pris. Tout aurait été tellement plus simple s'il n'avait pas ressenti le besoin de fuir ce superbe apollon. L'Arménien ne voudrait sans doute plus jamais le voir, alors à part sa réputation, il n'avait plus grand-chose à perdre. Et de toute façon, les deux garçons ne se parlaient déjà pas avant, alors… Helias était simplement déçu d'avoir raté sa chance. Mais il s'en remettrait.

À la fin de la journée, il passa par les tunnels pour sortir de l'enceinte du parc. Peu de personnes étaient au courant, mais un vaste réseau souterrain s'étalait sous le parc. Ainsi, le Capitaine Crochet n'avait pas à traverser le royaume d'Alice au Pays des merveilles pour arriver sur son bateau, ce qui aurait créé des incohérences dans le scénario. Les tunnels permettaient donc d'atteindre le site d'une attraction sans se faire repérer par les visiteurs. Tout était mis en œuvre pour que l'expérience des clients soit la meilleure possible.

Helias fut soulagé lorsque la journée se termina. Le plus tôt il enlèverait son costume de hot-dog, le mieux il se porterait. Il déposa donc son accoutrement dans la réserve et remit ses vêtements, pressé de rentrer à la résidence, où il pourrait tout raconter à Sophie. En sortant des vestiaires, il croisa l'une des Blanche-Neige du parc qui avait fini sa journée de travail ; elle le regarda avec une expression étrange. Le jeune garçon déglutit, puis gémit en se disant que le récit de son dérapage avait probablement déjà fait le tour du *casting*. Il passa ensuite à côté d'un garçon qui portait un costume de carte tirée d'*Alice* : celui-ci le fixa de la même façon. Helias en vint à se demander si toute l'histoire n'était pas déjà remontée jusqu'aux oreilles des superviseurs. C'était vraiment une première journée nulle en tant que garçon hot-dog.

Il sortait des souterrains pour prendre le bus quand il eut la surprise d'apercevoir Marco qui attendait à l'arrêt. Il stoppa net en se disant qu'il ferait mieux de rebrousser chemin, mais le bus arriva au même moment.

Le véhicule ralentit devant Marco, mais celui-ci ne bougea pas et fit signe au chauffeur de poursuivre sa route.

Lorsque le jeune homme remarqua ensuite la présence d'Helias, un large sourire se dessina sur ses lèvres.

— Te voilà ! s'exclama-t-il. Ça doit faire au moins trente minutes que je t'attends !

Helias n'était pas sûr de comprendre...

— Euh... tu... tu m'attendais ?

— Tu es parti tellement vite, ce midi ! Tu ne m'as même pas dit ton nom ! J'ai dû faire le tour de mes collègues pour savoir si quelqu'un te connaissait et on m'a finalement dit que tu finissais de travailler à cette heure-ci. Alors, je t'ai attendu.

Bouillonnant de honte, Helias se mit à rougir. C'était donc parce que le jeune homme avait parlé de lui à tout le monde qu'on l'avait dévisagé comme ça dans les tunnels... Voilà de quoi avoir envie de raser les murs pendant quelque temps.

– Écoute, je suis vraiment désolé pour ce qui s'est passé... Si tu as des frais à payer à cause des taches sur ton costume, je te rembourserai. Et... et je me suis emballé, je n'aurais pas dû te dire toutes ces choses... Je vais prendre un autre chemin et tu n'auras plus à me croiser, je sais que ça doit vraiment te rendre mal à l'aise...

Alors qu'il allait partir, Marco l'attrapa par le bras pour l'arrêter. Le cœur d'Helias manqua un battement.

– Qu'est-ce que...

Marco le regarda, la mine défaite.

– Pourquoi est-ce que tu t'en vas ?

– Ben..., répondit Helias du bout des lèvres en sentant la chaleur de la main de Marco traverser son bras. Ce doit être embarrassant pour toi, tout ça... de recevoir une déclaration d'un mec comme moi... déguisé en hot-dog...

Marco se gratta le menton avant de faire un sourire en coin.

— C'était original, avoua-t-il. On ne m'avait jamais dit qu'on était amoureux de moi de cette façon-là. Je ne te connais pas du tout, mais... wouah ! Ça m'a rendu heureux ! J'en ai parlé à tout le monde !

Plus Marco parlait, plus Helias rougissait en se demandant si tout cela était vraiment possible. Il était heureux de la réaction de son bel étranger, mais se questionnait malgré tout un peu sur son comportement exubérant.

— J'ai peut-être parlé un peu vite, tenta de relativiser Helias... Je ne voulais pas te faire peur. Je suis le garçon hot-dog et tu es... tu es quand même un prince...

Notre amour est impossible ! se retint-il d'ajouter en blaguant. Enfin, il ne voyait surtout pas comment un garçon comme Marco pouvait trouver le moindre intérêt en quelqu'un d'aussi banal que lui.

— Je déteste tellement ce job ! s'exclama Marco avec dégoût.

Aussitôt, le visage d'Helias s'assombrit. Quoi ? Son collègue détestait le travail de ses rêves ? Il avait la chance d'incarner Aladdin et il détestait ça ? Le garçon hot-dog se sentit tomber de très haut. Comment cela pouvait-il être possible ?

– Il y a tellement de règlements à respecter, poursuivit le prince avec exaspération. Ne jamais s'asseoir, ne jamais sortir du personnage, ne jamais montrer du doigt...

– Mais... tu fais rêver tous les petits garçons et toutes les petites filles qui viennent te voir, c'est formidable, non ?

L'Arménien grimaça.

– Pour être franc, je n'aime pas vraiment les enfants... Je préfère les animaux. En tout cas... Est-ce que ça te dirait d'aller manger, un de ces quatre ? Je veux dire... manger avec moi ! Tu as dit que tu étais amoureux de moi, alors je pense que tu devrais dire oui.

– Je...

– Parfait, je passerai te chercher demain pour le dîner. J'ai hâte !

Marco se toucha le visage.

– ... et j'ai aussi hâte d'enlever tout ce maquillage, c'est tellement énervant ! D'habitude, je me démaquille dans les vestiaires, mais là, j'avais trop peur de te rater, alors je me suis dépêché.

Le jeune homme dirigea ses yeux noirs vers son interlocuteur et lui adressa un nouveau sourire tout en battant des cils. Helias trouvait Marco un peu étrange, mais il ne fit aucune remarque.

– Ça me fait vraiment plaisir, reprit l'Arménien. Je veux *tout* savoir de toi. Tu t'appelles Helias, c'est ça ?

L'intéressé n'avait pas eu son mot à dire. Il se contenta de hocher lentement la tête, éberlué par la tournure des événements.

– Comme on dit, « Helia » pas de temps à perdre, hein !

Marco lui fit un clin d'œil, tout fier.

– Comment trouves-tu mon jeu de mots ? J'y ai réfléchi toute la journée. C'était vraiment difficile de trouver un bon jeu de mots avec ton nom, alors j'étais vraiment fier de moi. Ça faisait plusieurs minutes que j'attendais le bon moment pour le sortir !

Helias allait de surprise en surprise. Il ne dit rien, de peur de vexer Marco s'il parlait. Alors qu'un autre bus approchait, il n'osait pas bouger. Il venait de réaliser deux choses très importantes : le prince qu'il admirait tant détestait son travail en plus d'être un parfait imbécile !

Chapitre 4

Helias soupira de soulagement quand il put enfin descendre du bus pour rejoindre sa résidence. Marco n'avait pas arrêté de lui parler tout au long du trajet : un véritable moulin à paroles ! Le jeune homme lui avait ensuite fait de grands signes de la main quand ils s'étaient quittés en répétant à quel point il avait hâte de manger en sa compagnie.

Helias était épuisé. Non seulement il avait crevé de chaud sous son costume, mais il s'était ridiculisé devant le garçon de ses rêves pour ensuite découvrir que ce dernier était un idiot qui détestait le job que lui-même tuerait pour avoir. C'était une journée un peu trop forte en émotions pour lui !

— Qu'est-ce qui s'est passé ? l'interrogea Sophie en se laissant tomber à ses côtés sur un siège de la cafétéria. Qu'est-ce que tu as fait ? Tout le monde ne parle que de toi dans les résidences, Helias ! Tu dois *tout* me raconter !

Sophie était toujours au courant des potins. Avec son look sportif — casquette et jogging —, elle se fondait dans la masse et son sourire gentil poussait les gens à se confier à elle.

Le garçon se prit la tête entre les mains en gémissant. L'histoire avait donc bel et bien déjà fait le tour de tous les employés ! Sans avoir trop le choix, Helias fit le récit de sa journée catastrophique à sa collègue, qui dut se tenir le ventre tant elle riait.

— Et Marco t'a invité à aller manger ?

Il mit une main devant la bouche de son amie.

— Moins fort !

Avec sa grande gueule, Marco devait sans doute avoir déjà annoncé la nouvelle à tout le monde, mais Helias préférait tout de même ne pas ébruiter l'histoire davantage. Comme Sophie hochait la tête, il décida de conclure son récit.

— Donc, il est gentil, ça c'est sûr, mais il a l'air... comment dire... un peu simplet.

Il soupira avec la terrible impression que son prince charmant s'était transformé en vilaine grenouille.

— Il devait bien y avoir un truc, hein ! On ne peut pas tout avoir, à un moment donné ! Un corps de dieu, un visage parfait, de la prestance, un sourire de rêve... Je savais qu'il y avait anguille sous roche. Il était *trop* parfait.

Sophie ne semblait plus l'écouter.

— Mais... tu vas quand même aller manger avec lui, n'est-ce pas ?

Il lui jeta un œil découragé.

— C'est tout ce que tu as retenu ?

— Tu baves sur Marco comme un escargot depuis que tu as commencé à travailler ici ! lui fit-elle remarquer en croisant les bras. Alors, ne me dis pas que tu vas refuser d'aller dîner avec lui. Même si tu le trouves un peu bête... ça coûte quoi de regarder ? Fais-le pour le plaisir des yeux et amuse-toi ! J'ai déjà couché avec des mecs rencontrés sur *Tinder* qui n'étaient pas des lumières, parce qu'ils me plaisaient physiquement. En plus, ton prince retourne en Arménie à la fin de l'été, alors profite du moment et ne le revois plus après ça.

Helias prit un instant pour réfléchir à la question. Ce que Sophie venait de dire n'était pas fou du tout. D'habitude, il n'était pas vraiment du genre coups d'un soir, mais il n'était pas contre les amours d'été. Les films romantiques basés sur les amours d'été lui avaient toujours plu, alors il considéra avec plus de sérieux les propos de son amie.

– Tu as raison, décida-t-il sur un ton déterminé, je vais aller au bout de cette histoire.

Après tout, ce n'était pas tous les jours que le garçon de vos rêves vous invitait à manger un bout. Puis, Marco était peut-être un brin idiot, mais il était particulièrement gentil et comme il ne lui avait parlé que durant une quinzaine de minutes, le jeune homme allait peut-être le surprendre positivement.

– Là, je te reconnais bien ! Et tu n'oublieras pas de tout me raconter, hein ?

– Sans faute, promit Helias.

* * *

Le lendemain, Helias était un peu nerveux, mais il fut vite happé par l'animation qui régnait dans le parc. Le nombre considérable de visiteurs et l'agitation environnante l'empêchèrent de penser à autre chose qu'à son boulot de garçon hot-dog. Il en vint presque à oublier l'horrible chaleur ressentie dans son costume.

La journée s'écoula relativement vite. Une fois dans les vestiaires, il croisa la Belle au bois dormant, qui était en train de retirer sa robe rose. En le voyant, elle lui jeta un coup d'œil et s'adressa à lui.

— C'est toi Helias, non ?

— Euh... oui...

Elle le détailla longuement de la tête aux pieds.

— Je me disais bien. Ouais, t'es plutôt mignon, ça peut le faire. Marco n'a pas arrêté de parler de toi durant notre soirée pyjama, hier. Donc, puisque t'es gay toi aussi, tu peux m'aider à ôter ma robe ?

Il hésita pendant quelques secondes, mais comme la jeune femme avait l'air de s'impatienter, il se secoua et accéda à sa demande.

— Dieu merci ! s'exclama la blonde, une fois en sous-vêtements. On étouffe tellement dans cette robe-là ! En plus, je suis obligée de suivre un régime pour entrer dedans !

— Elle est vraiment jolie, en tout cas.

— Le parc a vraiment de la chance que j'aime les princesses et que j'aie besoin de cet emploi pour mon C.V. d'actrice !

Helias fut soulagé d'entendre que la jeune femme aimait les princesses, mais il ne comprenait pas pourquoi les employés qui avaient les meilleurs rôles se plaignaient de leur travail. Ça avait pourtant l'air formidable de jouer un prince ou une princesse. Bien mieux, en tout cas, que de personnifier un hot-dog !

— Tu veux devenir actrice ?

— Hum... oui. J'étudie au conservatoire d'art dramatique de Londres, et on m'a dit que cet emploi me donnerait une bonne expérience. C'est difficile d'être choisi au moment de l'audition et une fois sélectionné, il faut encore survivre aux cinq jours de formation intensive. Alors quand tu arrives au bout de ton contrat, ça impressionne les employeurs, qui savent à quel point ce travail est dur.

Helias savait que durant ces journées d'apprentissage, il fallait visionner et étudier le film duquel était tiré son personnage, en apprendre les répliques par cœur, s'exercer à parler et à se déplacer à la manière de celui-ci, maîtriser son maquillage et arriver à enfiler le costume le plus vite possible. Enfin, il fallait s'initier aux rouages du parc en passant quelques jours dans la peau d'une mascotte.

– N'empêche, c'est quand même un super boulot, mentionna Helias, qui refusait d'être désillusionné par les remarques négatives qu'il entendait.

Après tout, le jeune garçon était déjà au courant de toutes ces procédures et directives, mais il n'y avait jamais vraiment prêté attention, parce qu'il connaissait déjà tous les films d'animation par cœur et imitait ses personnages préférés depuis l'enfance.

– Si tu le dis. En tout cas, c'est sûr que c'est mieux que d'être au service d'entretien ou à la billetterie ! Alors, dis-moi, Helias, tu viendras bien à notre prochaine soirée pyjama, hein ? Marco sera là.

Le jeune homme n'y croyait pas. Lui, le garçon hot-dog, était invité à une soirée par une princesse.

Même dans ses rêves les plus fous, il n'aurait pas pensé que ça puisse arriver. Il afficha un large sourire.

— Ce sera avec plaisir !

Chapitre 5

En sortant des souterrains, Helias eut la surprise de découvrir que Marco l'attendait comme il l'avait fait la veille.

— Tu es là ! s'enthousiasma l'Arménien en le voyant arriver.

Helias remarqua que le jeune homme avait encore un peu de maquillage doré sur le visage. Marco ne semblait pas être doué pour se démaquiller.

— Salut ! lâcha Helias.

— Comment a été ta journée ? demanda Marco.

— Chaude, mais exaltante. J'adore travailler à l'intérieur du parc, c'est vraiment différent de la billetterie. Et comment s'est passée la tienne ?

— Hum…

Comme si quelque chose le tracassait, le jeune homme parut réfléchir à sa réponse avant d'ouvrir la bouche.

– Je n'avais prévu de donner qu'un seul qualificatif pour décrire ma journée, finit-il par avouer en baissant la tête. Je n'avais pas pensé que tu en donnerais deux...

Helias fixa son interlocuteur sans trop comprendre l'importance de ce qu'il venait de dire. Ce garçon était vraiment bizarre.

– De mon côté, poursuivit le jeune homme, je la qualifierais d'ordinaire. C'était une journée comme les autres, quoi... sauf que j'avais hâte de te retrouver ! Même si je ne t'avais pas vraiment perdu, hein !

Helias eut envie de partir en courant, mais il se contenta de garder un sourire figé tout en pensant : *Ouf ! Il n'est vraiment pas brillant !* Puis, il tenta d'échanger avec Marco.

– Pourtant, il y a plein de nouvelles choses qui arrivent chaque jour au parc, de nouvelles personnes à rencontrer. C'est fascinant de voir qu'il y a des employés et des visiteurs de partout dans le monde. Tu viens d'Arménie, non ?

Le regard de l'autre garçon s'éclaira dès qu'il eut mentionné son pays de naissance.

— Oui, je suis Arménien, reconnut-il avec fierté. Mais quand je dis ça, j'ai toujours peur qu'on croie que je fais partie de l'armée... Est-ce que tu y es déjà allé ?

Helias secoua la tête de gauche à droite.

— Tu n'aimerais pas, de toute façon, ajouta Marco d'un ton désinvolte. Il fait encore plus chaud qu'ici, au fin fond de la Floride.

— Ça a l'air joli, pourtant. J'ai toujours aimé les châteaux et d'après ce que je sais, il y en a, là-bas.

Il leva la tête pour observer au loin les grandes tourelles du palais royal emblématique du parc qui perçaient les nuages. Marco fronça les sourcils, une ombre traversant son visage, puis il haussa les épaules.

— Peu importe. Tu as envie d'aller manger ? Avec moi, hein, pas tout seul !

— J'avais compris. Je meurs de faim, alors, oui, je veux bien qu'on aille dîner.

Helias se souvenait de la conversation qu'il avait eue avec Sophie. Il allait donner sa chance à Marco, ne serait-ce que pour profiter un peu plus longtemps de son beau visage. Le point positif de toute cette histoire, c'était qu'il ne se sentait plus du tout impressionné par le prince des *Mille et Une Nuits*.

– J'ai envie de manger un hot-dog, lança Marco... Enfin, je ne parle pas de toi, hein, je veux dire, un vrai hot-dog, avec une saucisse et du pain...

Non, Helias n'était plus intimidé par Marco. Par contre, ses propos le mettaient mal à l'aise. Il sentit ses joues s'enflammer et baissa la tête pour masquer sa rougeur.

– ... peu importe comment je le dis, ça sonne bizarre, hein ? déclara le prince.

– Ne dis plus rien, l'interrompit Helias. À force de renifler l'odeur des hot-dogs fumés toute la journée, je dois avouer que ça m'a aussi donné faim.

Marco afficha un large sourire.

– Alors, qu'est-ce qu'on attend ? Je suis impatient qu'on ait notre premier rendez-vous. C'est la première fois que je vais manger des hot-dogs avec un garçon qui est amoureux de moi. Parce que je suis déjà allé manger autre chose, tu sais, comme des plats chinois ou de la soupe thaïlandaise, par exemple.

Helias s'efforça de sourire.

– J'imagine que, de ce point de vue là, ce doit être ma première fois à moi aussi.

– Chouette !

Ils prirent le bus, puis une fois aux résidences, ils marchèrent une quinzaine de minutes pour sortir du territoire appartenant au parc. Il y avait plusieurs restaurants non loin et ils entrèrent dans le premier snack qu'ils croisèrent. Le décor était ultra kitsch, avec des carrelages noirs et blancs au sol, des tabourets tournants au comptoir, des murs d'un rouge vif et des lampes en forme de palmier sur les tables. Ils commandèrent, puis allèrent s'asseoir avec leur plateau. Marco avait insisté pour régler lui-même leurs deux factures en disant que c'était lui qui invitait. Comme le salaire du jeune homme était sans doute un peu plus élevé que celui d'Helias, celui-ci le laissa faire. Le large sourire du bel Arménien montrait que ça lui faisait réellement plaisir.

– Pourquoi est-ce que tout est aussi gigantesque, en Amérique ? interrogea Marco en saisissant son énorme *milk-shake* aux fraises.

— On a la folie des grandeurs, rigola Helias en s'emparant de son hot-dog recouvert de ketchup.

— Je vais devoir passer trois heures à la salle de sport, après ça ! blagua Marco.

— J'ai rencontré la fille qui joue Aurore et elle m'a dit qu'elle doit suivre un régime pour pouvoir entrer dans sa robe, c'est pareil pour toi ?

— C'est moins restrictif pour les garçons, parce que les costumes sont prévus pour nous : les muscles, ça prend de la place ! dit-il en souriant et en faisant gonfler son biceps. Mais pour jouer Aladdin, il faut quand même que je garde la forme, parce que je suis tout le temps torse nu.

Helias ne trouva rien à redire, parce que le corps d'éphèbe de Marco le faisait baver depuis plusieurs semaines déjà. C'était la première chose qu'il avait remarquée chez lui, et il adorait quand Marco se pavanait torse nu dans son costume de prince.

— C'est sûr que je n'ai pas le physique pour jouer Aladdin... murmura Helias pour lui-même.

— Tu n'as pas la peau assez foncée ! s'exclama Marco. Et tu n'es pas assez grand non plus !

Helias baissa la tête. Son interlocuteur ne savait pas qu'il venait de toucher sa corde sensible en mentionnant sa petite taille.

– Je fais quand même un mètre soixante-quatorze !

– Pour interpréter Aladdin, c'est minimum un mètre soixante-dix-sept. Mais tu pourrais peut-être jouer l'âne… ajouta l'Arménien d'un air pensif.

Le garçon hot-dog blêmit. L'âne ! Il ne voulait pas jouer l'âne… Il faisait déjà le hot-dog, c'était bien assez comme ça. Il adorait le parc, mais de là à hennir pour ses visiteurs…

– Je préfère rester à mon stand de hot-dogs ou retourner à la billetterie plutôt que ça.

– Tu fais bien, c'est nul d'avoir un grand rôle ! Il y a tellement de clauses à respecter dans mon contrat que je n'ai pas pu le lire jusqu'au bout ! Et tous ces petits caractères… Tout est grand aux États-Unis, sauf les petits caractères… Eux, ils sont vraiment minuscules !

– Tu n'as pas lu ton contrat au complet ? répéta Helias, estomaqué.

OK, lire un contrat d'embauche, ce n'était amusant pour personne, mais de là à en ignorer la moitié...

– C'était tellement long ! De toute manière, qui lit vraiment ça jusqu'au bout ? Il faut au moins une maîtrise ou un doctorat pour comprendre tout ce charabia !

Helias se mordit la lèvre. Il était certain que sa petite cousine de quatorze ans serait capable de lire son contrat et d'en comprendre le plus important.

– Je suis presque sûr que tout le monde lit ça jusqu'au bout, Marco. Et si c'était écrit à la toute fin que tu t'engages à travailler ici pour les dix prochaines années ?

Marco chassa cette idée de la main.

– Impossible, c'est un contrat saisonnier.

– Comment le sais-tu ?...

– Ils me l'ont dit, bien sûr.

Marco referma ses lèvres sur la paille de son *milk-shake* rose, nullement préoccupé par les clauses de son contrat. Helias, éberlué par tant d'insouciance, ne rajouta rien. Il mangea son hot-dog en silence jusqu'à ce que son interlocuteur revienne à la charge avec une lueur amusée au fond du regard.

– Je me disais… si tout est géant en Amérique… tu ne devrais pas être plus grand ?

Helias serra les poings sous la table.

– J'aurais bien voulu…

– Tu sais, ce n'est pas grave, si t'es petit. Moi, je trouve ça mignon. Tu n'es peut-être pas assez grand pour être un prince, mais tu peux être ma princesse.

Helias se sentit devenir aussi rouge qu'un homard.

– Tu me donnes envie de t'embrasser, à rougir comme ça, poursuivit Marco, ne faisant qu'accentuer les teintes cramoisies que prenait le visage de son nouvel ami.

Et comme l'Arménien réfléchissait rarement avant d'agir, il se leva pour se pencher au-dessus de la table, attrapa le menton d'Helias entre ses doigts et déposa un baiser sur ses lèvres avant de se rasseoir comme si de rien n'était. L'autre fut trop surpris pour réagir.

Helias était pantois. Marco l'avait totalement pris au dépourvu et il n'avait pas pu le repousser. Il cligna plusieurs fois des yeux pour s'assurer qu'il ne rêvait pas. Un peu plus et il devait se pincer pour en être sûr. Le prince des *Mille et Une Nuits* venait de l'embrasser.

O. M. G.

Dans la tête d'Helias, c'était la fiesta. Si la personnalité de Marco ne collait pas du tout avec ce qu'il s'était imaginé, sa façon d'embrasser, elle, était tout aussi fabuleuse que dans ses rêves. Même s'il n'était pas le plus dégourdi, Marco méritait peut-être bien sa chance, après tout...

À DÉCOUVRIR DANS LA MÊME COLLECTION

"Le garçon hot-dog et
le prince charmant"
de Dana Blue
en juin 2022

"L'oiseau de mes nuits"
de Mélanie Chauvette
en 2023

MÉTAMORPHOSE

La série qui vous entraîne dans un univers fantastique et mystérieux…

Lorsque l'orage gronde, elles ne sont pas loin.
Elles voient tout. Elles entendent tout.
Elles sont cachées derrière les nuages.
Parfois, il est possible de capter leurs messages.
Et vous, entendez-vous leurs murmures lors des vents d'orage ?

À la suite du décès de sa mère, Caroline Éthier est contrainte de déménager et de s'inscrire dans une nouvelle école. C'est là qu'elle fait la rencontre de Jeremy Emilsson et Logan Mac Lean.

Jeremy est terriblement séduisant, mais il ne fait rien pour déguiser l'antipathie que la jeune fille lui inspire, alors qu'ils se retrouvent malgré eux partenaires dans deux de leurs cours. De son côté, le beau Logan fait tout pour la charmer et il se révèle gentil, drôle et avenant.

Les deux garçons se détestent profondément, et c'est sans connaître la raison de cette hostilité que l'adolescente se retrouve prise entre ces deux jeunes hommes aux dons mystérieux. Le jour où elle découvre leur véritable visage, sa propre identité la foudroie comme un coup de poignard en plein cœur.

Dans le tumulte de ces nouveautés, après avoir subi une terrible trahison, Caroline voit son destin à jamais bouleversé.

Jonglant entre ses cours, sa vie familiale et ses sorties avec ses copines, Evy mène une vie routinière jusqu'au jour où elle remarque un étrange individu au long manteau noir à l'arrêt de bus. À partir de ce moment, elle ne cesse d'apercevoir le jeune homme partout où elle se trouve. Se peut-il qu'il la suive ? Serait-elle en danger ? La jeune femme est de plus en plus inquiète, mais son quotidien bascule complètement lorsqu'elle réalise qu'elle est la seule à voir l'inconnu. Comment est-ce possible ?

Une collection pédagogique pour les enseignants !

Autour de notre collection Micro Big pour apprendre à lire avec des romans grands caractères.
(Dès 6 ans)

Micro BiG

Autour de notre collection Mini Big pour poursuivre l'apprentissage de la lecture.
(Dès 8 ans)

Mini BiG

Avec nos romans et BD.
(Dès 10 ans)

Mais aussi pour les plus grands !

Découvre les fiches par ici !

https://kenneseditions.com/enseignants/